Thank

그럼에도
불구하고
감사

you

그럼에도 불구하고 감사

초판인쇄	2020년 10월 30일
초판발행	2020년 11월 06일

지은이	유미애
발행인	조현수
펴낸곳	도서출판 프로방스
마케팅	최관호
IT 마케팅	조용재 백소영
교정교열	권 표
디자인 디렉터	오종국 Design CREO

ADD	경기도 고양시 일산동구 백석2동 1301-2
	넥스빌오피스텔 704호
전화	031-925-5366~7
팩스	031-925-5368
이메일	provence70@naver.com
등록번호	제2016-000126호
등록	2016년 06월 23일
ISBN	979-11-6480-090-2 03810

정가 15,000원

Thank you

그럼에도 불구하고 감사

유미애 지음

프로방스

"그럼에도 불구하고 감사합니다"

코로나19가 온 우주를 덮쳤다. 나의 세상도 예외는 아니다. 일중독자인 사람이 반년을 넘게 일하지 않고 지내는 것은 끔찍함을 넘어 우울증이 생길 지경이다. 아이를 셋 낳는 동안에도 이렇게 쉬어 본 적이 없다. 일뿐만 아니라 배우기를 좋아해서 공부할 것을 신청해 두었는데 그것도 물 건너갔다. 많은 것을 잃었다. 처음 한두 달은 견딜만했다. 그동안 못 놀았으니 실컷 논다고 생각했고 곧 괜찮아 질 것이라 여겼다.

두 달이면 코로나19가 싹 물러가겠지.

예상과는 달리 점점 심해져 가는 상황이 오고 실낱같은 작은 희망은 환상이었고, 그것은 깨졌다. 기한이 없음에 넋 놓고만 있을 수가 없었다. 나의 마음을 위로할 무엇인가가 필요했다. 나는 작년에 감사일기를 쓰는 동안 사인을 바꾸었다. 철들고서부터 사용하던 흘림체 유자를 thankyou로 바꾸었다.

"모든 것에 감사하자."
"그럼에도 불구하고 감사하자."는 의미다.

감사하는 삶을 살겠다고 바꾼 사인이었지만 코로나19가 고통의 시간을 주고 있는데 감사하다고 생각하는 것이 진정성이 있는지 의문이 갔다. 그때 오프라 윈프리의 "당신이 가장 덜 감사할 때가 바로 감사함이 가져다 줄 선물을 가장 필요로 할 때다." 이 글이 눈에 들어왔다. 그녀의 고단했던 성장과정을 알고 있고, 성공해서 많은 사람에게 영향력을 미치는 지금 경험에서 나온 그녀의 말을 믿어보기로 했다.

이 상황이 견디기 힘들지만 그럼에도 불구하고 나의 소소한 일상에서 감사함을 찾아보기로 하고 감사일기를 다시 쓰기 시작했다. 자연스럽게 내 생활에 집중하게 되고 나를 더 사랑하게 되고 주위를 돌아보게 되었다. 평소에는 보이지 않던 것이 더 선명하게 보이고,

작은 것이 아름답고 소중하게 여겨졌다. 또 작은 일에 감사를 넘어 감동이 왔다. 강의를 많이 할 때는 오전, 오후, 저녁까지 3강도 했고 하루에 2강씩은 기본으로 할 때가 많았다. 그렇게 일이 넘칠 때도 감사함을 몰랐다. 강의를 워낙 좋아하다 보니 그냥 신났고 재미있다고만 생각했다. 4월까지 쭉 강의가 없다가 5월부터 강의 의뢰가 오기 시작했다. 코로나 이후 첫 강의는 감사를 넘어 감동으로 눈물이 날 지경이었다. 지인강사 역시 강의가 시작되었고, 우리는 기쁨의 수다를 한참이나 나누며 앞으로 감사하면서 살자고 다짐했다.

감사일기를 쓰면서 마음의 평화가 왔고 쓰다 보니 작은 일에도 진심으로 감사한 마음이 들었다. "감사하면 감사한 일이 생긴다."는 말처럼 신기하게도 감사한 일이 자꾸 생겼다.

책을 쓰려고 마음을 먹은 지 10년째다. 책쓰기를 진행하다 흐지부지 한 지가 10년째란 얘기다. 학생들을 가르칠 때 학습법에 대한 책을 쓰다가 중단했고, 부모교육을 하면서 부모교육서를 쓰다가 중단했다. 끊임없이 쓰다가 중단하기를 반복했다. 지금 코로나로 힘들지만 그럼에도 불구하고 작은 것에 감사하고 감동까지 오는 이 순간을 책으로 엮고 싶었다. 책쓰기를 시작하고 딱 한 달 만에 출간 계약까지 하는 기적이 일어났다. 감사의 힘, 감사의 기적이라고 말 할 수밖에 달리 설명할 방법이 없다.

나는 맑은 공기, 좋은 사람과의 만남 그리고 맘껏 할 수 있었던 강의가 넘쳐도 감사한 줄 몰랐다. 지구촌의 대부분 사람들이 나와 같은 생각을 했을 것이다. 바이러스로 화나고 아프고 미칠 만큼 답답하지만 함께 잘 극복하기를 바라며 부족하지만 코로나시대 힘든 상황 속에서 찾은 소소한 감사의 글이 작은 위안이 되길 바란다. 또 감사의 힘으로 평화와 감사가 함께 하기를 희망한다.

서울 작업실 애당에서

유미애

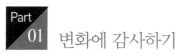

Part 01 변화에 감사하기

Part 02 책쓰기 도전과 성공에 감사하기

Part 03 귀한 인연에게 감사하기

Part 05 그럼에도 불구하고 감사하기

"당신이 가장 덜 감사할 때가
바로 감사함이 가져다 줄 선물을
가장 필요로 할 때다."

– 오프라 윈프리–

Thank
you

변화에 감사하기

항상 감사한 마음을 가지기는 쉽지 않다.
하지만 당신이 가장 덜 감사할 때가
바로 감사함이 가져다 줄
선물을 가장 필요로 할 때다.
감사하게 되면 내가 처한 상황을
객관적으로 멀리서 바라보게 된다.

그뿐만 아니라 어떤 상황이라도 바꿀 수 있다.
감사한 마음을 가지면 당신의 주파수가 변하고
부정적 에너지가 긍정적 에너지로 바뀐다.
감사하는 것이야말로 당신의 일상을 바꿀 수 있는
가장 빠르고 쉬우며 강력한 방법이라고 나는 확신한다.

– 오프라 윈프리의 내가 확실히 아는 것들 중에서 –

Part
01

제 1 장

변화에 감사하기

O

코로나가 찾아 준 인식의
변화에 감사하기

0

수익창출에 대한 인식의 변화

코로나19가 내 삶의 많은 것을 변화시켰고 정신적으로 힘들었지만 업에 대한 인식의 전환과 수익 창출에 대한 다양한 방법을 생각하게 했다. 멈췄던 블로그를 다시 시작했고, 네이버 카페를 오픈시켜 활성화했고 나의 콘텐츠로 수익을 창출할 수 있는 방법을 연구 중이다. 사람은 결핍상태가 되면 그것을 극복하기 위해 본능적인 힘이 나오는 것 같다. 강의가 많을 때는 한 번도 생각해보지 않은 수익 창출에 대한 방법을 연구하고 실천하려 노력하니 말이다.

벽암록에 나오는 줄탁동시의 의미가 생각난다.

병아리가 알에서 나오려면

자신의 부리로 알을 쪼아야 한다.

그때 알을 품고 있던 어미 닭이 소리를 알아듣고

동시에 밖에서 알을 쪼아 안팎에서 서로 쪼아댄다.

새끼와 어미가 동시에 알을 쪼지만

어미 새가 새끼를 나오게 하는 것은 아니다.

새끼가 알을 깨고 나오는 것을 도와줄 뿐이다.

결국, 알을 깨고 나오는 것은 병아리 자신이다.

나는 코로나19의 힘든 시기에 알을 깨고 나왔다. 내가 안정된 상태였다면 알을 깨고 나오고 싶다는 생각만 했을 뿐 알 속에서 편안하게 안주했을 것이다. 코로나시대의 결핍이 내가 알을 깨고 나올수 있도록 해주었다. 어미 새의 역할을 가장 크게 해준 것은 책이다. 책이 없었다면 이 상황을 대처할 방법을 찾지 못해 넋 놓고 신세 한탄만 했을지도 모른다. 인식 전환의 방법조차 알지 못했을 것이고 알을 깨고 나오지 못했을 것이다. 그런 의미에서 책의 저자들에게 깊은 감사의 인사를 전한다.

코로나19로 인식이 전환 된 것은 첫째, 무자본 수익 창출을 한다. 말 그대로 자본 없이 나의 능력으로 수입이 발생하는 시스템이다.

내가 잠을 자는 동안에도 수익이 발생해야 한다. 그동안 블로그 포스팅에 나의 일상을 생각 없이 올렸는데 다른 분들은 블로그를 통해 수익을 발생시킨다는 것을 알았다. 네이버 블로그는 일정 조건이 되면 애드포스트를 신청할 수 있다. 포스팅 된 글에 네이버 광고가 붙는 것을 말하는데 두 달 전 신청했던 애드포스트 광고료가 오늘 날짜로 팔만원이 되었다. 애들 말로 대박이다. 적은 금액이지만 글을 쓰는 것만으로도 수익이 발생했다는 것에 그 기쁨은 말로 표현할 수 없고 이것은 무자본 수익창출의 신호탄일 뿐이다. 블로그를 더 활성화 해 수익을 극대화하고 나의 콘텐츠와 연계해 강의할 생각이다.

둘째, 네이버 카페를 공개했다. 7월 12일 네이버카페 신중년 코칭학교를 공개했다. 2013년 코칭학교라 이름을 정하고 비공개 상태로 두었다. 오픈 시기가 좀 늦은 감은 있지만 지금이 최적기라 생각하고 활성화되기를 기대하며 비슷한 생각을 하는 분들과 함께 성장하기를 바란다. 요즘을 100세 시대라고 말한다. 쏟아져 나오는 신중년은 이제 반백년을 살았다. 경제적인 힘을 상실하게 되면 대부분 자존감이 떨어진다. 같은 세대를 살아가는 사람으로 그들과 함께 경제력을 키우기를 바란다. 카페에서 활동 하다 보면 모르는 것은 배우고 자신이 아는 것은 가르쳐 주고 자신의 콘텐츠로 수익을 창출할 수도 있다. 그리고 자기선언을 통해 혼자하기 힘든 것을 공개

함으로써 성공의 맛을 보게 될 것이다. 나는 이 카페에서 100일 습관 길들이기로 새벽기상, 새벽글쓰기, 몸무게 코로나19 이전으로 돌리기 3가지를 선언했다. 머릿속으로 실천해야지 하는 것과 공개적으로 실천을 선언하는 것은 하늘과 땅만큼 차이 나는 행동이다. 이 카페가 그런 다리의 역할을 해 주기를 바라며 말이 가진 힘을 더 강력하게 만드는 방법을 제시한 생각의 비밀의 저자 김승호의 말을 인용해 본다.

"나는 말의 힘을 믿는 사람이다.
한 번 말을 하고 나면 잊기 전까지 그 힘이 사라지지 않음을 믿는다.
그 말에 힘을 부여하고 계속해서 그 힘이 사라지지 않게 하기 위해
액자에 써서 걸어놓거나 그에 알맞은 이미지를 포스터로 제작하여
걸어놓는다.
내가 내 개인적인 새로운 목표나 회사의 새로운 목표를 이루기 위해
첫 번째로 하는 것이 바로 그런 일이다.
나는 매번 그런 방식으로 수많은 목표를 달성해 왔다."

셋째, 새벽 글쓰기를 시작하다. 7월13일, 오늘부터 새벽글쓰기를 통해 올해 안에 꼭 내 이름으로 된 책을 출간 할 것이라 다짐했다. 카페에 다짐의 글을 올렸고 김성호 작가처럼 사방팔방에 나의 목표

를 적어두고 꿈을 이루기 위해 실천하고 있다. 매일 A4용지 한 페이지 이상 적다보면 50일이면 원고가 완성 될 것이라 생각한다. 책이 출간되면 판매에 의한 수익과 그 콘텐츠로 강의도 할 수 있을 것이며 좀 더 경제적인 자유를 얻게 된다.

코로나19가 나를, 많은 사람의 삶을 황폐하게 만들었지만 나는 그 속에서도 수익창출에 대한 인식의 전환을 가질 수 있었고 실천 방안들을 계속 연구했고, 지금도 연구하고 있다.

"꿈꾸는 대로 이루어진다."는 말을 나는 믿는다. 좋은 꿈을 꾸고 목표를 설정하고 하루하루 그 꿈을 향해 다가가면 반드시 좋은 결과를 얻을 것이다.

내가 알을 깨고 나올 수 있게 나의 힘이 되어주는 가족과 좋은 이웃이 있고, 마음껏 책을 읽을 수 있는 환경에 감사하다.

감사의 힘, 감사하면 감사한 일이 생긴다

행복의 조건은 무엇일까?
돈? 사랑? 친구? 직장?

나는 일상의 사소함에 "감사하는 마음"을 가지는 것이라고 생각한다.

'내 인생에 Thank you'의 저자 게르트 쿨하비도 나와 같은 생각을 가졌다.

"사소한 일상의 고마움을 많이 느낄수록
그만큼 더 행복해질 것이다.
그러므로 감사하는 마음이 바로
인생 최고의 기쁨인 것이다."

나는 돈도 벌어볼 만큼 벌어보기도 했고 잃어보기도 했다. 사랑도 해봤고, 넘칠 만큼 친구도 많았다. 남들이 부러워하는 안정된 곳에서 직장생활도 했고, 직접 학원과 연구소를 운영하기도 했다. 남들하는 것은 웬만큼 해봤다. 지금 돌이켜보면 근사한 일도 많이 했고 나름 멋지게 살았다는 생각이 든다. 근데 이 모든 것이 만족할 만큼 행복을 주지는 않았다. 돈, 사랑, 친구, 직장이 행복을 위해 큰 역할을 하는 것은 사실이지만 전부는 아니다. 지금은 예전만큼 넉넉하지도 않고, 젊지도 않고, 안정된 직장이 있는 것도 아니지만 그때와 비교할 수 없을 만큼 평화롭고 행복하다. 왜일까?

바로 감사하는 마음을 가졌기 때문이다.

철없을 때 무형의 힘인 감사에 대해 한 번도 깊이 생각을 해 본 적이 없다. 타인이 나에게 무엇인가 베풀었을 때 "감사합니다."라고 인사를 했고, 가족에게 안 좋은 일이 생기고 해결이 되었을 때 "감사합니다."라고 했을 뿐이다. 평화로운 상태에서 일어나는 작은 감사는 당연하다고 생각했다.

세상에 익숙해지고 강의를 하면서 "감사의 힘"은 강력한 에너지가 있다는 것을 느꼈다. 그러나 감사의 힘에 대해 강의를 할 뿐 실천은 많이 부족했다. 그러다 작년부터 하루에 3가지씩 감사 일기를 쓰기 시작했다. 단지 기록만 할 뿐이었는데 신기하게 마음의 평화가 찾아왔다. 갈등 관계가 해결되고, 세상이 새롭게 보이기 시작했다.

일상에서 일어나는 아주 작은 것에 감사하는 마음이 생기기 시작했다. 바람에 흔들리는 나뭇잎에도 감사하고, 작은 새소리에도 감사하고, 평화롭게 글을 쓸 수 있음에도 감사한 마음이 생겼고, 현관문을 열고 들어오는 가족들을 봐도 감사한 마음이 생겼다. 감사 일기를 쓰고부터는 어떤 일에도 감사하는 마음이 생겼다. 그래서 한 가지 내용을 더 구체적으로 감사 에세이를 적기 시작했다.

감사한 마음이 생기다 보니 "그럼에도 불구하고 감사하다."라는 마음마저 생겼다.

얼마 전 밤에 있었던 일이다. 나는 잠이 든 상태였고, 밤늦게 들어온 딸아이가 고함을 지르는 소리에 반사적으로 일어나 거실로 나가다가 침대에서 발을 헛디뎌 넘어졌다. 아픔보다 집안에 도둑이라도 들어온 줄 알고 나갔는데 이름 모를 작은 산 벌레였다. 나의 집은 산 아래 있고 문을 꼭꼭 닫아두어도 가끔 산에서 벌레가 날아들어 온다.

얼마나 다행인지 한숨을 쉰 후 아픈 곳을 보니 오른쪽 팔꿈치와 무릎이 까졌고 오른쪽 가슴 쪽에 심하게 통증이 오고, 입술이 터져 피가 나고 이가 아프고 흔들렸다. 그 상황에서도 감사한 마음이 생겨서 깜짝 놀랐다. 다리가 부러지지 않아서 감사하고, 이가 부러지지 않아서 얼마나 감사한지 나도 모르게 감사기도가 나왔다. 아직도 팔과 무릎에 까진 흔적이 남아있지만 흔들리던 이는 아무 이상 없이 잘 아물었다. 정말 감사한 일이다. 만약 갈비뼈가 부러지기라도 했다면 지금보다 훨씬 더 고통스러웠을 것이다. 다친 몸을 보고 화를 낸다고 달라지는 것은 아무것도 없다. 오히려 자신의 스트레스 지수만 높이고 기분을 망치고 불행에 빠뜨리게 된다.

나는 해가 바뀌면 그해의 키워드를 정한다. 한 해 동안 마음에 품고 삶의 방향을 제시하는 아름다운 언어이다. 예전에 나의 키워드는 평화였던 적이 있다. 평화를 선택했다는 것은 내 마음이 평화롭지 못했다는 증거다. 갈등을 싫어하는 나는 갈등이 생기면 해결하기보다 피하는 스타일이다. 갈등과 맞닿는 것이 싫기 때문이다. 그래서 그해 키워드가 평화였다. 수첩 맨 앞장에 "평화"를 쓰고 평화롭기를 바랐다. 약간의 영향은 받겠지만 평화로부터 완전히 자유롭기는 힘들었다.

지금은 평화롭게 해달라고 애원하지 않아도 일상이 평화롭다. 왜냐고? 감사의 힘으로 살아가기 때문이다. 감사하는 마음을 가지면 감사한 일이 자꾸 생긴다. 진짜다. 여러분도 간단한 감사일기 한 번 적어보시길 적극적으로 추천한다. 그리고 감사한 일이 생기는지 생기지 않는지 확인하시길 바란다. 헬렌켈러가 사흘만 눈을 뜰 수 있다면 마지막 날 저녁엔 감사기도를 드리고 싶다고 했다.

그녀가 그렇게 간절히 원했던 사흘은 우리에게 너무나 평범한 일상이다. 평범한 일상에 깊이 감사하다.

작은 습관의 힘으로 큰 변화를 기대하다

나는 철저하게 계획을 세워서 사는 사람은 아니다. 계획과 충동이 적당히 뒤엉켜 살아가는 지극히 평범한 보통 사람이다. 큰 계획과 목표를 설정한 후 그 틀 안에서 두루뭉술하게 일처리를 하는 적당주의

일 수도 있다. 그래서 목표를 달성할 때도 있고 그렇지 않을 때도 있다. 완벽하게 계획을 세우고 충실하게 그 일을 수행했던 적이 있다.

9년 전 새벽기상과 새벽글쓰기, 100일 동안 이 일을 했던 것이 기적처럼 느껴진다. 그때는 서재가 따로 있었던 것도 아니고 거실에 컴퓨터가 있었고 나보다 더 일찍 일어나서 움직이는 가족도 있어서 글쓰기가 불편한 상황이었는데도 아랑곳하지 않고 글을 썼다. 또 성당 교사 일을 할 때라 단체 피정을 갔을 때도 피정 후 다른 교사들은 인생이야기로 꽃을 피우며 밤늦도록 시간을 보내낼 때 새벽글쓰기를 위해 양해를 구하고 따로 일찍 잠자리에 들었다. 그렇게 계획을 지키기 위해 자신에게 철저했던 적은 전에도 그 후에도 없었다. 내가 완벽하게 계획을 세운 후 하루도 빠짐없이 실천한 유일한 일이라고 할 수 있다. 그 일 후 많은 목표를 세우고 달성했지만 과정은 평소와 다름없이 적당함 속에서 이루어졌다.

코로나 바이러스로 나의 업에 대한 불안감이 생겼다. 그동안 나의 일에 대해 전문가라고 생각하고 잘 살아왔다. 그러나 바이러스 앞에 맥없이 무너지는 것을 경험하고 새로운 일에 도전장을 내밀어야 살아남을 수 있다는 위기감이 느껴져 나를 재정비하기로 했다. 어떠한 외부환경에도 흔들리지 않는 퍼스널브랜딩을 위해서이다. 자신을 그 조건에 최적화시키기 위한 필수 조건은 자신의 이름으로 책을 출간하는 일이다. 나는 2020년 12월 31일까지 책 출간을 하겠다고 스스로에게 약속했다. 이것 또한 퍼스널브랜딩을 위한 필수조건이며 약속을 지키기 위해 습관 3가지를 카페에 올리고 선언했다. 이러한 행위는 누구보다 나 자신을 잘 알기에 해야만 한다.

　첫째, 새벽기상
　둘째, 새벽글쓰기
　셋째, 코로나 이전의 몸무게로 돌아가기

　먼저 새벽기상과 새벽글쓰기는 책쓰기를 위한 습관들이다. 막연히 '책을 쓰겠다.'로는 절대 불가능하다는 것은 그 동안의 경험으로 안다. 나는 다짐을 선언하고 매일 새벽기상 시간을 카페에 올리고 바로 글쓰기에 돌입한다. 새벽글쓰기 시간에 한 꼭지씩 쓰고 시간이 날 때마다 글을 쓰는 습관을 들이게 되면 적어도 50일 안에 책 한권의 분량은 나온다. 충분한 퇴고의 시간을 거치더라도 이 상태로 진도가 나가준다면 올 해에 출간은 가능하다.

　자신의 이름으로 책을 출간하는 일은 아무나 할 수 있는 일은 아니지만 누구나 할 수 있는 일이기도 하다. 책쓰기를 위해 내가 선택한 방법은 새벽기상과 새벽글쓰기의 습관을 들이는 것이다. 별 것 아닌 것 같은 작은 습관이 어떤 결과를 가져올지 나도 궁금하다. 만약 이번 일이 성공한다면 나는 새벽글쓰기를 지속할 것이고 꾸준히 책을 출간할 수 있게 될 것이다.

또 하나의 목표, 코로나 이전의 몸무게로 돌아가기를 목표로 세우고 식습관을 나에게 맞춤으로 길들이기로 했다. 집에 있는 시간이 많아지면서 계속 먹게 되고, 먹은 후 소파에 몸을 눕히고, 활동은 줄고 먹는 양이 늘어나면서 4kg이 늘어났다. 다른 사람은 잘 모르지만 움직임이 둔해지고 불편하다. 살면서 살이 쪘던 적이 거의 없다. 아주 날씬하지는 않지만 평균은 유지하고 있다. 유전적인 영향도 있고, 의식적이지는 않지만 자가조절을 한다는 것을 느낀다. 저녁 늦은 시간에 육식으로 폭식을 했다면 다음 날 속이 편안해 질 때까지는 물만 마신다. 이렇게 했는데 집에 있는 지금은 폭식 다음날 아침을 먹었다. 이전의 몸무게로 돌아가기 위해 이번에는 의식적으로 습관을 들이려고 한다. 자신의 몸을 관리하는 것은 건강과 직결되어 있다. 건강은 행복한 삶을 위한 첫째 조건이기도 하기에 같은 몸무게를 유지하려고 노력한다. 코로나바이러스로 시작된 나의 작은 습관이 며칠 되지 않았지만 잘 실행되고 있다. 앞으로 어떤 변화를 가져올지 불확실하지만 긍정적인 결과가 나오리라 확신한다.

작은 습관의 힘을 통해 변화하는 모든 것에 감사하다.

생각이 바뀌면 운명이 바뀐다

움직이는 걸 지독하게 싫어하는 사람이다. 학교 다닐 때부터 가장 싫어했던 과목이 체육이었고 운동장에서 활동하는 게 죽기보다 싫을 정도로 그 시간을 싫어했다. 학교를 졸업한 후에는 볼링과 테니스를 배워 보겠다고 그에 필요한 의상과 신발과 운동기구들을 샀지만 다 흐지부지 끝냈다. 가장 열심히 했던 것이 등산이다. 20대 후반에 3년 동안 등산에 미쳤던 적이 있었다. 운동을 싫어하지만 뭔가 한곳에 꽂히면 정신을 못 차리는 스타일이기도 한지 그때는 주일마다 등산을 다녔다. 오죽하면 남동생이 "내려 올 건데 왜 그렇게 기를 쓰고 오르냐."고 놀리기도 했다. 그러다 나보다 더 움직이기 싫어하는 사람을 만나 결혼하면서 운동과는 완전히 단절된 삶을 살았다.

10년 전 머리가 복잡했을 때 아차산 둘레길과 장자못을 산책하는 정도가 유일한 운동이었다. 잠시 헬스를 배워보겠다고 등록을 하고 3일 만에 끝낸 적이 있고 1년 치를 끊고 며칠 만에 끝낸 적도 있다. 그 후로는 운동을 배우기 위해 돈을 쓰는 짓은 하지 않는다. 다행히 부모로부터 건강한 체력을 물려받았는지 건강에는 문제가 없고, 적당한 몸을 유지하고 살아가고 있다.

요즘은 나이 들어간다는 걸 몸의 변화로 느낀다. 피부는 처지고 주름이 생기며 탄력이 없어졌다. 나이 들어도 멋지게 나이 들고 싶은 마음은 인간이면 누구나 가지는 소망일 것이다. 나 또한 몸도 마음도 아름답게 나이 들고 싶다. 지금까지는 부모님께서 주신 몸으로 견뎠지만 이제는 나 스스로 내 몸을 지켜야한다. 진작부터 운동을 해야겠다고 마음을 먹었지만 나를 둘러싼 게으름이란 놈이 떨어지지 않아서 버티고 버티다 이제 그 운동을 시작하려 한다.

움직이는 것을 싫어하니 외부에서 운동 하는 것까지는 아직 마음이 내키지 않는다. 그래서 하루에 8분 운동하는 밴드에 가입했다. 회원들이 운동을 하고 영상을 찍어 결과물을 올리지만 나는 꿈쩍도 하지 않고 눈으로만 보고 있다. 영상을 보면 하고 싶은 마음이 생겨야 하는 데 '참 열심히 한다. 대단하다.' 그 생각만 들고 몸은 움직이지 않는다. 왜 이럴까? 그러다 온라인으로 2kg 아령을 2개 주문했다. 베이지색의 예쁜 아령이 손에 착 잡히는 느낌이 괜찮았다. 바로 30개를 했더니 몸이 반응을 한다. 영상으로 봤던 운동 하나를 따라 해봤다. 그리고 간단하게 체조를 했다. 땀이 나서 샤워를 해야 할 정도다. 운동을 하니 기분이 좋아졌고 정신 건강에도 무척 좋을 것 같다. 10일 정도 팔운동과 다리운동을 반복해서 하고 있다.

며칠 전 출판 계약할 때 출판사 대표님을 만나고 자극을 많이 받았다. 연세가 여든이신데 60대로 보였다. 눈가에 작은 주름 몇 개 있을 뿐 얼굴에 주름이 없이 깨끗하시다. 몸도 꼿꼿하셨고 어느 곳 하나 흐트러짐이 없으셨다. 나는 출판계약보다 그분이 젊음을 유지하는 비결이 더 궁금했다. 궁금한 건 물어봐야지.

"젊음을 유지하시는 특별한 비결이 있으신가요?"

대표님께서는 새벽 4시에 일어나시고 저녁 8시에 주무시는 규칙적인 생활을 하셨다. 긍정적인 사고, 종교생활, 하루도 빠지지 않는 운동, 건강한 음식이라고 말씀하셨다. 이 모든 것에 현역으로 일하는 것까지 어우러져 젊음을 유지하시는 것 같다. 대표님의 얘기를 듣기만 해도 건강해지는 느낌이다. 노화방지에 대해 TV에 나오는 분들의 얘기를 듣고 이것저것 시도를 해봤지만 끝까지 실천한 게 별로 없다. 그런데 대표님의 젊음은 내 눈으로 직접 봤고 건강을 유지하는 비결도 들었다.

빌게이츠는 다른 사람의 좋은 습관을 자기 것으로 만든다고 했다. 나 역시 좋은 것은 내 것으로 만든다. 대표님께 배워야 할 것은 규칙적인 습관과 꾸준한 운동이다. 새벽기상은 지금 습관을 들이는 중이고 나머지는 대표님과 비슷한 길을 가고 있다. 긍정적인 변화를 위해 대표님처럼 나만의 습관 리스트를 만들었다.

- 5시에 일어난다.

- 물 한 잔을 마시고 10분 동안 명상시간을 가진다.

- 새벽글쓰기를 한다.

- 아침 운동을 한다. (근력운동 및 체조 10분)

- 규칙적인 식사, 아침은 간단하게 먹되 영양소를 골고루
  섭취하도록 식단을 짠다.

- 채소위주의 식단으로 식사를 하고, 항상 감사한 마음으로 먹는다.

- 긍정적인 생각과 매일 감사 일기를 쓴다.

- 매일 책읽기를 한다.

- 저녁 운동을 한다. (근력운동 및 체조 10분)

- 주 5회 이상 블로그 포스팅을 한다.

- 감사기도로 하루를 마무리 후 12시에 반드시 잠자리에 든다.

- 주 5회 이상 중랑둘레길을 걷는다.

건강한 몸과 정신을 위해 습관 리스트를 꼭 지켜서 내 몸의 일부가 되도록 하고 특히 운동은 노후의 건강한 삶을 위해 꾸준히 해야 한다. 그래서 습관을 들이겠다고 스스로에게 약속하며 윌리엄 제임스의 생각에서 비롯된 삶이 습관으로 이어졌고 그것이 운명을 바꾸는 기적을 만날 것이라 기대하며 다시 큰 소리로 읽어 본다.

생각이 바뀌면 행동이 바뀌고

행동이 바뀌면 습관이 바뀌고

습관이 바뀌면 인격이 바뀌고

인격이 바뀌면 운명이 바뀐다.

출판사 대표님께 좋은 습관을 배울 수 있어서 감사하고, 자기 선언을 통해서 그 약속이 꼭 지켜질 수 있으리라 생각하며 이 모든 것에 감사하다.

'맛과 멋'의 행복한 휴가

새벽부터 바람이 많이 분다. 아침이 밝아오는 순간을 맞이하며 휴가 첫날을 즐긴다. 그날이 그날인 요즘 휴가라니 좀 민망하긴 하다. 처음부터 휴가 계획은 없었지만 블로그 이웃님들의 행복해 보이는 휴가 사진과 글을 보고 휴가 기간을 정했다. 똑같은 일상일지라도 어떤 의미를 부여하느냐에 따라 기분은 달라진다. 강의할 때 자주 했던 말처럼 의미부여에 따라 뇌와 가슴의 반응이 달라진다.

예를 들면 오전에 강의하고 돌아오는 길에 배가 고파 밥을 사먹을 때

"뭘 먹고 한 끼 때우지?"

"오늘 강의하느라 고생했어. 맛난 것 먹자."

두 문장은 '밥을 먹는다'는 의미는 같지만 자신을 대하는 태도가 완전히 다르다. 위 문장은 대충의 의미가 포함되어 있고, 아래 문장은 자신을 존중하는 태도가 보인다. 어차피 7000원 전후의 밥을 먹는 것은 같은데 어떤 의미를 담느냐에 따라 기분은 완전히 다르다. 그것처럼 휴가에도 의미를 담았다. 강의가 없으니 집에서 하는 모든 것은 똑같다. 그러나 지금은 휴가라는 타이틀이 붙었으니 휴가의 느낌이 물씬 풍기는 행동을 하려한다.

세계 최고의 갑부 빌게이츠는 휴가 때 그의 별장에서 책만 읽는 '생각주간'을 가진다고 했다. 올 해 휴가는 나의 작업장이 있는 집에서 보낼 것이며 주제는 맛과 멋이다. 맛은 먹고 싶은 것 맛나게 먹으면서 맛을 즐기는 것이고 멋은 책을 읽고 글을 쓰는 것이니 얼마나 멋진 휴가인가? 이는 내가 꿈꾸는 삶이기도 하다.

주제에 맞게 책 20권을 빌려와서 읽고 있고, 매끼 맛난 것을 먹고 있다. 맛난 음식과 책상 위에 쌓여 있는 책을 보는 것만으로도 온 몸에 행복이 스며든다. 책쓰기를 하다 글이 잘 써지지 않을 때는 책을 읽거나 멍 때리거나 차를 마신다. 의자에서 소파로 자리를 옮기거나, 바닥에 드러누워 세상에서 가장 편한 자세로 뒹굴 거리며 책을 읽기도 한다. 한 마디로 종일 책을 읽고 책을 쓰고 맛난 것을 먹는다.

그러다 커피생각이 나면 내가 즐겨 마시는 에디오피아 예가체프 원두를 갈아서 내린다. 비 오는 날이라 진한 커피향이 온 집안에 퍼지고 나는 그 속에서 커피향에 취한다. 유명브랜드 커피보다 직접 내려 마시는 커피를 좋아하고 하루에 한 잔은 마셔줘야 작업을 한다. 원두거름망은 한복장인 친정어머니께서 직접 만들어주신 것으로 어머니의 사랑과 함께 원두를 내린다. 나는 커피를 마시는 것도 좋아하지만 원두를 갈고 내리는 과정을 무척 좋아한다.

천천히 커피를 마시며 앞산을 바라본다. 이 시간은 행복한 사유의 시간이다. 커피를 갈고 내리고 마시는 모든 행위는 나에게 명상이다. 복잡하던 머릿속이 정리가 되고 마음이 안정되며 작업을 시작할 준비를 위한 시간이기도 하다.

이 정도면 '맛과 멋'을 즐기는 상당히 매력적인 휴가 아닌가?

오늘 유난히 지저귀는 새소리를 들으며 휴가 첫날 아침을 즐긴다. 커피 한 잔에 많은 생각과 행복을 느끼고 이 여유를 즐길 수 있어서 감사하다.

강의할 수 있음에
감사하기

0

코로나19 이후 감동의 첫 강의

코로나19 이후 첫 강의라고 보면 된다. 강의 한 번 하는 게 이렇게 설레게 하는지 오늘 알았다. 3월부터 강의 일정이 잡혔다가 사라지고 다시 잡혔다가 사라지기를 반복했다. 그때는 한 달쯤 지나면 괜찮아질 것이라고 생각했고 이 정도는 휴가라 생각하고 즐길 마음이었다. 세 아이를 낳고도 일하느라 제대로 쉬어 본 적 없었던 터라 이 기회에 제대로 쉬어 볼 생각이었다. 두 달째 갈 때는

'이왕 쉬는 거 푸~욱 쉬지.'

정말로 가볍게 생각했다. 그러면서 두 달이 지나고 석 달이 지났

다. 아무 일도 하지 않고 석 달을 보낸 적이 없기에 심적으로 불안감이 차곡차곡 쌓였다.

'계속 이 상태면 어쩌지?'

벌써 5월이다. 일 중독자가 일을 못하는 것에 대한 불안감과 가정경제를 책임지는 사람으로 경제적 압박이 은근히 나를 짓눌렀다. 그런 상태일 때 강의를 오픈한다고 연락이 왔다. 그 기쁨은 말로 다 표현을 못한다. 돈을 떠나서 강의한다는 것 자체가 기뻤다. 나에게는 일하지 않고 사는 것은 죽은 목숨이나 다름없이 느껴졌다. 애초에 이렇게 오랫동안 강의를 못할 줄 알았다면 석 달 동안 전 시간을 활용해 자원봉사를 했을 것이다.

법무부쪽 강의가 시작됐고 첫 강의보다 더 설레는 길이다. 센터에 도착해서 입구에서부터 관리가 철두철미하다. 들어가면서 손을 소독하고 열재고 설문지 작성 후 이상이 없어야 입장한다. 몇 달 만에 보는 센터직원들과 정말 반갑게 인사했다. 모두 무사해서 얼마나 다행인지 감사인사가 절로 나온다.

5년째 이곳에서 강의중이지만 오늘 강의는 첫 강의 때보다 더 긴장되고 설렌다. 난생처음 맨 얼굴로 강단에 섰고, 마스크를 쓴 채 강의를 했다. 수강생도 인원이 제한되어 2인용 책상에 한 명씩 교차로

10명이 넘지 않아야 하고 마스크를 쓴 상태로 강의를 듣는다. 강사와 수강자도 모두 마스크 착용 상태에서 강의가 이루어진다. 이 상태로 강의를 하니 수강생이 알아듣지 못할까봐 목소리가 자연히 커지고 수강자의 표정을 살펴볼 수가 없어 답답했다. 또 팀별 활동이 제한됐고, 개인 활동으로 강의가 진행되어 재미가 덜 할 수가 있겠다는 생각이 든다. 무사히 강의는 마쳤으나 속시원하게 열정적인 강의, 퍼펙트한 강의를 하고 싶었는데 아쉬움이 남았다.

그동안 운 좋게도 강의를 많이 했다. 오전, 오후, 저녁 세 타임으로 하루에 10시간 강의를 한 적도 있다. 차가 없는 상태에서 세 곳을 강의하려면 아침 일찍 집을 나와 저녁 11시나 12시쯤에 집에 도착한다. 그랬던 내가 강의 하나에 이렇게 감동을 받고 기뻐하고 있다.

다행히 5월 들어서니 코로나가 조금 잠잠해졌고, 강의 의뢰가 들어오기 시작했다. 내년 2월까지 몇 곳에서 강의를 받아 둔 상태이긴 하나 옛날에 비하면 세 발의 피다. 그것도 요즘 같은 상황이 계속된다면 강의가 이루어질지도 의문이다. 코로나시대가 나의 생활 전반을 바꾸었고 생태계의 이상이 인간의 삶을 바꾸고 있는 요즘 앞으로도 이런 사태가 일어나지 않는다는 보장도 없다. 코로나19 이후 감동의 첫 강의를 하면서 온갖 생각이 들었지만 감사한 마음이 더 크게 자리 잡는다.

이 상황에서 소소하게나마 강의가 이루어지고 있고, 주1회 혹은 주2회 이루어지고 있는 강의에 기쁨을 감출 수가 없을 정도로 감사하다.

진로강의 후 소감

오전에 법무부 소속 한 곳에서 위기청소년 진로 강의를 했다. 5년째 이곳에서 강의를 하고 있고 강의를 하면서 나도 많이 성장함을 느낀다. 강의 중 활동하는 시간에 다니면서 진심 어린 친구들의 글을 읽고 가끔 눈시울이 뜨거워질 때도 있다.

실수든 아니든 친구들은 잘못해서 이곳에서 교육을 받는다. 진심으로 잘못을 뉘우치는 아이도 있고, 대수롭지 않게 생각하는 친구도 있다. 5년 동안 다양한 친구를 만났고 기억에 뚜렷이 남는 친구도 있다.

대범한 소녀를 한 명 소개한다. 뒷자리에 앉아 눈빛을 반짝이던 그녀와 쉬는 시간에 잠깐 얘기를 나눴다. 그녀는 무면허로 승용차를 몰다 사고를 냈고, 부모님은 이혼해서 따로 살고 할머니와 산다고 거침없이 자신의 얘기를 쏟아냈다. 나는 그녀의 한 손을 꼭 잡았고 따뜻한 눈길을 보내며 대화를 했다.

"너 아주 대범하구나! 그 대범함을 좋은 일에 쓰면 멋진 사람이 될 것 같은데."라고 했더니 그녀는 나의 다른 손까지 꼭 잡고 말했다.

"선생님, 저 정말 멋진 사람이 될 수 있을까요?"

"그럼, 넌 분명 멋진 사람이 될 거야. 선생님은 확신해."

"정말이죠? 정말이죠? 제가 멋진 사람이 될 수 있는 거 맞죠?"

그 말이 끝나고 강의시작 시간이 되었다. 그녀는 꼭 잡은 두 손을 놓을 생각을 하지 않고 감격의 눈빛을 보냈다. 그녀는 살아오는 동안 누군가에게 칭찬이나 인정을 받아 본 경험이 적었을 것이다. 나의 한 마디가 그녀에게 감동을 준 것을 보면 그녀는 지금 사랑이 아주 그리운 사람이다. 연약한 그녀가 안쓰러운 것은 나만 느끼는 감정일까? 그녀는 멋진 사람이 되겠다고 말했고, 나는 기도 중에 가끔 그녀를 기억한다.

고등학교 1학년 A군은 두 번째 이곳에서 만나는 친구이다. 이곳에 자주 오는 친구들은 인생을 포기한 듯한 표정으로 있는 경우가 있다. 나는 A군을 눈여겨봤고 반가움을 표했다. 아는 체를 하자 A군은 자기를 어떻게 기억하냐며 미소를 짓는다. 내 마음이 전달되었을까? 그 이후 A군의 수업태도는 180도 바뀌었다. 적극적이고 발표도 잘하고 긍정적인 모습으로 변했다. 꿈에 대한 질문을 던졌을 때

"전 그런 거 없어요. 되는대로 살면 되죠. 꿈은 무슨?"

이라고 했던 친구가 긍정적인 모습을 보이면서 한 말은

"선생님, 전 변호사가 되고 싶어요. 지금 공부해도 변호사가 될 수

있을까요?"

지금 공부해도 변호사가 될 수 있는지 몇 번이나 같은 질문을 반복했던 친구였고, 난 확신에 찬 목소리로 지금도 늦지 않았고 네가 원하고 노력하면 반드시 꿈은 이루어진다고 말했다. 이루고 싶은 꿈은 있지만 자신의 상황으로 꿈이 이루어질 수 없다고 스스로 결론을 내린 안타까운 상황이다. 누군가 지금도 늦지 않다고 말해주거나 꿈을 응원해 주는 사람이 있었다면 이 친구는 이곳에 다시 오지 않았을지도 모른다.

이곳 강의의 특징은 수강자의 에너지가 다운된 경우가 많은데 오늘은 모든 친구가 긍정에너지가 넘치는 특이한 경우다. 강의를 하는 사람으로 매우 바람직한 환경이 교실에 들어서는 순간 느껴졌다. 요즘은 코로나19로 마스크를 착용한 상태에서 강의가 진행된다. 표정 읽기가 쉽지 않지만 그 와중에도 긍정의 눈빛으로 반응을 보이는 친구들이 있다. 오늘 모든 친구가 적극적으로 공감을 표현하면서 강의가 진행되었다.

강의장 올라가는 엘리베이터에서 간단하게 인사를 나누었던 대학생 A군이 특히 기억에 남는다. 엘리베이터에서 인사를 나누어서 그랬을까? 긍정적인 수업 태도로 강의장 분위기를 이끌었다. 활동지를 작성할 때 자신을 표현하는 청년을 보고 그의 미래를 그려보았다. 프로그램 제작을 하고 싶다는 청년이 그 꿈을 꼭 이룰 것이라는 생각이 든다.

고등학생 B군도 생각이 난다. 수업 진행 중에 그의 어머니가 내 강의를 들었던 분이라는 것을 소년을 통해서 알았다. 그래서인지 수업에 집중하는 모습, 진솔하게 자신을 찾아가는 글과 질문에 손을 번쩍 들어서 발표하는 모습에서 드론 제작자가 되겠다는 소년의 미래가 그려진다. 아직 자신의 진로를 정하지 못한 친구, 되고 싶은 게 아무것도 없다는 친구들도 천천히 자신이 무엇을 좋아하는지 잘했던 것이 무엇인지 살펴보다 보면 꿈이 생길 것이다.

강의를 끝내고 돌아오는 길, 집 앞 텃밭에서 여린 꽃망울의 도라지꽃과 활짝 핀 도라지꽃이 나의 눈길을 끌었다. 이번 장마로 비바람이 그렇게 몰아쳤는데도 잘 견디고 있는 게 신기하다. 그 모습에서 오늘 강의 때 만난 친구들의 얼굴이 떠올랐다. 우리 친구들도 위기의 순간을 잘 견디고 한 친구도 빠짐없이 모두 자신의 꿈을 활짝 펼치길 바란다.

함께 했던 모든 친구가 자신의 꿈을 이루기를 응원하며 오늘 적극적인 친구들의 활동으로 만족한 강의를 할 수 있어서 감사하다.

위기청소년 버츄로 인성에 물들이다

오늘 강의는 법무부 소속기관 위기청소년 대상이며 주제는 버츄 프로그램이다.

버츄카드가 든 상자를 들고 복도를 지나갈 때 한 친구가 인사를 했다. 나도 함께 "안녕"이라고 말하며 강의실 안으로 들어갔다. 서로 인사를 하고 간단하게 라포형성을 한 후 복도에서 인사한 친구에게 친근하게 말을 건넸다.

"친구는 복도에서 선생님께 인사한 친구죠?"
"예"
"선생님을 모르는데 친절하게 인사를 해줘서 선생님 엄청 기뻐요.
 감사해요."

그 친구는 나의 칭찬에 멋쩍은 표정을 짓지만 얼굴 가득 기쁨이 번지는 것을 볼 수 있다.

"우리 친구, 선생님께 칭찬 들으니 기분 어때요?"

"예, 좋아요."

"그래요. 우리는 칭찬을 들으면 기분이 좋아지죠. 우리 내면에 꼭꼭 숨어있는 기분 좋아지는 말, 미덕의 언어 버츄에 대해서 배울 거예요."

몇몇 친구들은 벌써 호기심으로 '버츄'가 무엇인지 물어보기도 한다. 버츄에 대한 설명과 52가지 미덕의 보석에 대해 강의를 하고 활동으로 들어갔다. 버츄프로젝트 수업할 때는 같은 내용이라도 그 날 친구들의 에너지에 따라 분위기가 많이 좌우되므로 활동을 다르게 한다. 에너지가 많은 날은 움직이는 활동을 하지만 반대일 경우는 움직이지 않고 제 자리에 앉아 조용한 활동으로 강의가 진행된다.

긍정의 언어로 강의를 진행하면 대부분의 친구는 긍정적으로 변한다. 에너지가 바닥에 붙어서 전혀 반응을 보이지 않는 친구를 만날 때도 있지만 그런 친구들도 버츄를 진행하면서 건강한 모습을 보이기도 한다. 버츄를 통해 변화된 두 친구를 소개한다.

조용히 있던 스무 살 남자 친구의 이야기다. 얼굴에 어둠이 짙게 깔려 있었고, 감정이 없는 사람처럼 보였다. 무반응을 보였던 친구였지만 선한 인상을 받은 친구라 관심을 가지고 이름을 자주 불러주었다. 친구가 마음을 열면서 자신의 이야기를 써 내려갔다. 구구절절한 사연과 지금의 감정을 적었다. 마지막 문장에는 이렇게 적혀 있었다.

"곧 자살할 생각이었으나 강의를 듣고 선생님 말씀처럼 다시 열심히 살아보겠다."

나는 그 친구의 글을 읽고 돌아서서 눈물을 훔쳤다. 가슴이 너무 아프기도 했고 기쁨의 눈물이기도 했다. 그 친구와 손가락 걸고 약속했다.

"자신을 사랑하면서 행복하게 살기, 힘들 때 선생님이 응원하고 있다는 걸 기억하기"
그 친구가 잘살고 있으리라 믿고 있다.

가슴 따뜻한 여고생의 이야기도 기억난다. 세상에서 가장 미운 사람이 엄마라는 그녀의 말을 듣고 부모 됨과 가족과의 물리적 여건 등에 대해 강의를 했다. 그 친구는 가만히 있더니 글을 쓰기 시작했다.

"세상에서 가장 소중한 사람이 엄마라는 걸 오늘 깨달았다. 왜 엄마가 나한테 그렇게 가혹하게 매를 들고 때렸는지 이해를 못했고 엄마가 없었으면 좋겠다고 생각하면서 살았다. 지금 생각하니 엄마가 너무 불쌍하다. 아빠의 심한 폭력에도 나를 버리고 도망가지 않고 키워줘서 감사하다. 엄마 사랑해."

이 친구는 부모의 폭력에 희생된 아이였다. 열악한 환경에서 잘 견뎌 준 것만 해도 고마울 지경이다. 그녀는 엄마의 미덕으로 감사, 사랑, 인내, 진실함, 헌신 5가지를 적었다. 그녀가 가진 마음의 상처가 버츄프로그램을 통해서 치유되기를 바라며 엄마와의 관계 회복으로 건강한 사람이 되었으리라 믿는다.

버츄 수업이 진행될 때는 친구들의 숨어 있던 긍정성이 발견되고 자존감도 회복된다. 보석카드로 활동할 때 자신을 대표하는 미덕을 사랑 또는 열정이라고 적은 친구에게

"와! A는 정말 사랑이 많은 친구군요!"
"B는 열정!"
"우리 친구들, 진짜 멋져요."

활동 후 친구들의 보석카드를 들고 큰 소리로 미덕을 읽어주고 칭찬해주면 친구들의 표정도 행동도 한결 부드러워진다. 자존감이 회

복되는 순간이다. 자기를 칭찬해주는 말에 누군들 좋아하지 않겠는가?

강의 후 소감을 물으면 자신이 그렇게 멋진 사람인 줄 몰랐는데 오늘 알았다고 말하는 친구도 있다. 버츄프로젝트를 통해서 자신의 가치를 발견하고 자신이 진짜 소중한 보석임을 알기를 바란다. 오늘 두 반 버츄프로그램을 통한 인성교육을 진행했다. 모두 예의 바르고 진솔했고, 열정적이었다. 왜 이곳에 있을까? 의문이 들 정도의 친구들이다. 강의를 끝내고 한 명 한 명 약속을 했다. 다시는 이곳에서 만나지 말자고 손가락 걸고 약속하고 싶었으나 시대 상황을 고려하여 그러지는 못했지만 마음은 충분히 전달되었을 것이다.

오늘 친절을 베풀어 먼저 인사한 친구, 수업시간에 열정적으로 활동한 친구, 버츄를 실천하며 살겠다는 믿음직한 친구, 그들의 앞날을 기대하며 함께한 모든 친구에게 감사를 전한다.

서울특별시교육청 D교육지원청 Wee센터 부모교육

내 강의는 사회복지, 민주시민교육, 부모교육, 인성교육, 진로교육 등 몇 개의 주제로 분류할 수 있다. 모든 강의를 좋아하지만 그중 특히 좋아하는 강의는 중앙선거관리위원회 선거연수원 강의와 법원 보호자교육과 교육청 Wee센터 부모교육을 좋아한다. 연수원 강의는 재미나서 좋아하고 나머지는 의미가 있어서 좋아하는 강의이다. 오늘 Wee센터 강의는 바이러스로 날짜가 잡혔다 취소되었다 반복을 하다 겨우 진행되는 강의다. 귀하게 이루어진 강의라 온 마음을 다해 준비했다.

이곳 Wee센터에서는 3년째 부모교육을 진행하고 있고 2021년 2월까지 강의 일정이 잡혀있다. 이 강의는 PPT 없이도 가능할 정도로 완벽하게 인지하고 있지만 오후 1시에 시작되는 강의를 위해 아침 시간을 온전히 PPT를 업데이트하는 데 사용했다. 부모님들과 더 적극적으로 소통할 수 있을지 고민하는 시간이었고, 정성을 들인 만큼 반응은 좋았다.

강의가 시작되자마자 맨 뒷줄에 앉아계시던 어머님 덕분에 나는 몰입되어 열정적인 강의를 할 수 있었다. 그 어머니는 따뜻한 눈빛과 온몸으로 반응을 해주셨다. 강사가 강의를 이끌어 나가는 데 그것보다 더 좋은 환경은 없다. 그분의 좋은 향기는 함께 있는 분에게도 퍼졌고 이 강의를 위해 고민한 흔적을 느끼셨는지 행복감 충만하게 강의 할 수 있게 해주셨다. 정말 감사한 일이다.

오늘 오신 부모님들은 사춘기 자녀를 둔 부모님들이다. 대한민국의 청소년들은 대부분 공부와 따로 생각될 수 없는 존재다. 그러다 보니 성적 문제로 부모와의 관계가 소원해지는 경우가 많고, 부모-자녀 관계는 되돌릴 수 없는 지경까지 가는 경우도 있다. 오늘 부모교육은 부모로서 자신을 사랑하기와 사춘기 자녀와 사이좋게 지낼 방법에 대한 강의였다.

내가 부모교육을 강의한다고 내 자녀를 100% 완벽하게 키웠다고 생각하면 천만의 말씀 만만의 콩떡이다. 인간관계에 갈등이 없을 수 없다. 부모-자녀 관계도 똑같은 아니, 더 힘든 인간관계일 수 있다. 다른 관계보다 훨씬 더 감정이 개입되기 때문이다. 다만 나는 그 분야 '교육학 부모교육'을 전공했고, 부모교육 강사로 활동을 하고 있으니 좀 더 노력하는 것이 다른 부모와 다를 뿐이다.

오늘 강의 진행 중 몇 분이 눈물을 보이셨고 한 분은 오랜 시간 흐느껴 우셨다. 그 눈물은 사랑의 눈물이고 안타까움의 눈물일 것이다. 세상에 자식을 사랑하지 않는 부모는 없다. 우리 시대 모든 부모는 부모가 되는 연습 한번 없이 부모가 되었다. 당연히 부모로서 실수와 실패의 연속이 일어날 수밖에 없다. 자녀에게 어떻게 말해야 하는지 어떻게 공감하는지, 부모인 자신이 받아보지 못한 것을 배우지도 않고 잘 할 사람은 아무도 없다. 나 역시 아이에게 잘못한 일로 아직도 가슴이 아프기도 한 세 아이의 엄마다. 그래서 부모교육 강사인 나는 부모교육은 결혼을 약속하는 순간, 아이를 가지는 순간, 아이가 태어난 후 아이의 성장에 맞추어 이루어져야 한다고 생각한다.

오늘 강의는 '자식을 잘 키우자'는 메시지보다 '자신을 사랑하자'는 메시지에 중점을 두고 진행되었다. 자신을 사랑하지 않고는 누구도 사랑할 수 없다. 특히 자식은 더 사랑할 수가 없다. 부모-자녀 관계가 원만해지려면 자식이 우선이 아니라 부모인 자신을 먼저 사랑해야 한다. 세상 모든 부모에게 전하고 싶은 말이 있다.

나 자신에게 좋은 사람이 되세요.
사랑하면 그 사람하고만 시간을 보내고 싶듯
오늘은 사랑하는 '나'하고만 한 번 시간을 보내보세요.
맛있는 것도 사주고, 좋은 영화도 보여주고,
경치 좋은 곳으로 데려도 가주고 해보세요.
사랑하는 사람에게 공들이듯 나에게도 공들여 보세요.

내가 늘 하던 말이 혜민 스님의 책에 잘 정리가 되어 있어서 깜짝 놀랐고 나의 말이 아닌 혜민 스님의 글로 자신을 사랑하길 바라며 보여드렸다. 나의 언어로도 메시지를 전했다.

"좋은 부모가 되기 전에 먼저 자신을 사랑하는 사람이 되세요."
무사히 마친 행복한 강의였다.

강의를 할 수 있어서 감사하고 온몸으로 반응해주신 어머니가 계셔서 감사하다. 또 내 강의에 마음을 움직여 눈물을 보이신 어머니께 감사하며 끝까지 함께 해주신 모든 부모님께 깊은 감사의 인사를 전한다.

감사하며 시작하는 하루, A교육지원청 Wee센터 보호자교육

감사일기를 쓰기 시작한 후 모든 일상에 저절로 감사가 느껴진다. 아침에 눈을 뜨면 "감사합니다."라는 말이 저절로 나오고 그 말로 하루를 시작한다. 새벽기상을 시작한 이후 자연스럽게 눈이 떠지는 이 순간도 감사하고 하루도 빠지지 않고 새벽글쓰기를 할 수 있어서 감사하다.

오늘은 오후 3시부터 3시간 동안 서울시교육청 소속 Wee센터에서 학교 폭력 가해자 보호자 특별교육을 진행했다. 집을 나서면서 진심으로 감사한 마음이 샘솟는다. 귀한 강의를 하러 가는 중이니 "강의할 수 있음에 감사합니다."를 크게 외치며 발걸음을 옮긴다.

강의주제는 내 아이와 사이좋게 지내는 비법이다. 내 전공이라 어떤 강의보다 자신 있다. 코로나시대로 인원은 최소인원이라 오붓하고 따뜻하게 교육이 이루어졌다. 인원이 적어 원래의 강의안대로 진행하지 못했다. 2시간은 강의안대로 하고 나머지 1시간은 궁금한 것 묻고 답하기도 하고, 부모-자녀 관계의 문제점을 1:1로 상담하는 원 포인트강의로 진행되었다.

오늘 아버님 한 분이 기억나는데 그분의 긍정적인 변화에 감사한 하루였다. 그분은 혼자 사춘기 자녀를 키우고 계셨고 사춘기 자녀와 갈등이 심해서 무척 힘든 상황인 분이셨다. 처음에는 무뚝뚝하게 앉 아계셨다. 질문에 대답도 잘 하지 않으셨고 아이의 장점을 찾아보는 시간에는 찾을 게 없다고 하셨다. 갈등이 심한 상태다.

"지금의 모습에서 장점 찾기가 힘드시면 아이가 가장 사랑스러울 때의 모습에서 장점을 찾아보세요."

라고 했더니 그때는 장점이 많았다면서 열심히 찾으시다가 지금 아이와 관계가 힘들고 감정이 좋지 않으니 사랑스러울 때의 장점조 차 찾기 힘들다고 말씀하셨다. 나는 아버님과 대화를 하면서 아버님 의 말씀에서 아이의 장점을 포착해서 얘기하면 아버님은 고개를 끄 덕이시며 아이의 장점적기를 끝내셨다. 일대일 대화를 통해 수업이 진행되니 아버님 마음이 많이 열리셨다.
잠시 휴식하고 수업이 시작되자 아버님께서 자신의 집안 사정을 말씀하셨다. 무뚝뚝하게 앉아 계셨고, 이 강의 듣는 것 자체를 힘들어하시던 분이 자신과 가족에 대한 얘기를 자연스럽게 하셨고 나는 경청하고 공감했다. 가족의 힘든 상황을 말씀하셨다는 것은 강의에 대해 마음을 연 상태다. 이후는 일사천리로 강의가 진행되었음을 말할 필요가 없다.

나는 아버님께 자녀와의 관계에 대해 질문했고, 아버님은 답을 하셨다. 그 과정에서 문제점을 발견하고 그 문제를 해결하는 과정을 설명했다, 댁에 가서 실천할 문제해결 방법을 가르쳐드렸더니 무척 고마워하셨고 감사하다는 말씀을 하셨다.

아버님은 강의 후 감사하다는 말씀을 거듭하시면서 기분 좋은 표정으로 센터를 나가셨다. 그 모습을 본 센터담당선생님은 무척 좋아하시면서 칭찬의 말씀을 하셨다.

"강사님은 부모님들 맘을 말랑말랑하게 만드시는 재주가 있으세요."

칭찬에 어깨가 으쓱해진다. 우리 자녀들이 이런 칭찬을 듣는다면 어떤 기분이 들까? 말할 것도 없이 입꼬리는 올라가고 자존감도 따라 올라간다. 부모의 칭찬에 아이는 춤춘다. 바로 이 칭찬이 부모-자녀 관계를 해결해 줄 비법 중 하나다. 오늘 강의를 듣고 부모님들은 댁에서 약속한 것 잘 실천하시기를 바라며 교육받은 모든 분이 자녀와 행복한 관계를 이어갈 수 있기를 바란다. 오늘 강의를 할 수 있어 무척 행복하다.

감사하다고 말씀해주시는 부모님과 센터선생님 덕분에 감사하고, 무거운 마음으로 오셨다가 가벼운 마음으로 나가시는 부모님을 볼 때 정말 감사한 마음이 가득차고 진심으로 감사하다.

법원보호자교육, 어떤 선물을 받고 싶으세요?

몇 년째 법원보호자 교육을 진행하고 있다. 청소년들이 잘못해서 법적으로 처벌을 받게 되면 보호자는 의무적으로 이 교육을 받아야 한다. 좋은 부모가 되기 위해, 자녀와 원만한 관계를 유지하기 위해 보호자 교육은 필요하다.

대부분은 부모님이므로 호칭은 부모님으로 통일한다. 부모님들은 처음에는 대부분 무표정으로 앉아 계신 경우가 많다. 아이 문제로 이 교육을 받아야 하니 그 심정은 충분히 공감하고도 남는다. 오전부터 저녁 6시까지니 꽤 긴 시간 교육을 받아야 한다. 내가 진행해야 하는 시간은 점심 후 1시 30분부터 6시까지이다. 식사 후라 졸릴 시간인데도 불구하고 몰입도는 최고다. 긴 시간 강의니 강의 내용은 다양하다. 그중 간단한 한 가지를 소개한다.

강의 초반 부모님께 이런 질문을 했다.

"부모님들께서는 지금 이 순간 어떤 선물을 받고 싶으실까요?"

어떤 분은 대답하지만 대부분의 부모님은 잠깐 생각에 잠긴다. 집 안 경제를 책임지느라, 사춘기 자녀와 힘겨루기 하느라 피곤한 삶을 살고 계신 대한민국의 부모님들은 자신이 가지고 싶은 선물에 대해 생각할 시간이 없었을 것이다. 어떻게 하면 내 자녀를 더 풍족하게 키울 수 있을까? 어떻게 하면 가족들이 편안하게 쉴 수 있는 더 넓은 공간으로 갈 수 있을까? 이 고민이 자녀를 키우는 부모의 최우선 바람일 것이다. 고민하는 부모님께 다시 한 번 질문에 대해 설명을 한다.

"가족을 위한 선물이 아니라 나 자신만을 위한 선물입니다."

자신의 진심을 마주할 수 있는 시간이다. 부모님이 원하는 선물은

여행을 가고 싶다.
조용한 곳에 가서 혼자 쉬고 싶다.

자신만의 공간을 가지고 싶다.

자신을 위해 옷을 사고 싶다.

자신의 집을 가지고 싶다.

자녀와 사이좋게 지내고 싶다.

부모님들의 진심이 담긴 선물이다. 그런데 보면 알겠지만 집을 가지고 싶은 것은 경제적 여유가 있어야 가능하고 그 외는 다 할 수 있는 것들이다. 자녀와 행복하게 지내려면 나 자신을 소중히 여기는 것이 무엇보다 중요하고 자신을 바라볼 수 있는 시간을 가져야 한다. 나는 부모님께 다시 질문을 한다.

"하루 시간을 내어 혼자 여행 다녀올 수 있으시죠?"

"비싼 옷이 아니라면 10000원짜리 티셔츠 하나도 의미를 부여해 사 입을 수 있지 않을까요?"

"집 어느 한 공간에 자신만의 영역이라 표시하고 그곳에서 자신이 하고 싶은 것을 할 수 있지 않을까요?"

"자녀와 사이좋은 관계를 유지하고 싶으면 오늘부터 당장 시작하시면 되겠죠."

물리적인 여건으로 어쩔 수 없는 집을 장만하는 것을 제외하고는 오늘 당장 가능한 선물임을 강조한다. 부모님들은 정말 그렇다고 고개를 끄덕이며 미소를 보내며 실천하겠다고 말씀하신다. 나는 부모님들이 가족을 위한 삶뿐만 아니라 자신의 삶도 중요하게 여기기를 바란다. 왜냐하면 내가 행복해야 그 에너지가 가족에게 전달되고 모두가 행복해지기 때문이다. 간혹 자녀를 제외한 자신을 위한 선물임을 강조해도 이 질문이 아무 의미가 없어지는 경우가 있다.

"아이 없는 제 인생은 필요 없어요. 우리 아이만 제 관심입니다."

부모는 관심이라 생각하지만 아이는 그 간섭에 숨이 막혀 부모의 틀에서 벗어나려 할지도 모른다. 내 자식일지라도 일정한 거리를 유지하는 것이 더 친밀한 부모-자녀 관계를 유지할 수 있다는 것을 빨리 깨닫기를 바란다.

오늘 보호자교육을 받은 분들이 자신의 삶이 얼마나 소중한지 깨달았다는 것 자체로 그분들에게 감사하고 강의 받은 내용을 자녀들에게 잘 적용할 것이니 감사하고, 큰 의미를 가진 법원보호자 교육을 진행할 수 있어서 진심으로 감사하다.

병영 독서코치, 군대가 스펙이다

코로나19가 잠잠해져서 강의가 조금씩 잡히기 시작했다. 그러나 이태원코로나 사건이 터지면서 잡혔던 강의들이 줄줄이 취소되었다고 연락이 왔다. 난 강의가 간절히 하고 싶은 사람인데 사람 잡는 코로나는 언제 사라질지 기약이 없다. 세상 모든 사람의 간절한 염원인 코로나 시대가 빨리 사라져 평온한 일상으로 돌아오길 기다린다. 취소된 강의로 힘 빠져 있는데 군부대 독서코치 프로그램 책이 도착했다.

코로나가 아니었으면 벌써 시작되었을 군부대 독서코치 "군대가 스펙이다."는 시작되었을 것이다. 큰 주제로 문화체육관광부와 사랑의책나누기운동본부와 국방부가 함께 하는 프로젝트다. 주제에서도 알 수 있듯이 군대가 스펙이 될 수 있도록 책을 읽는 습관뿐만 아니라 토론을 통하여 타인의 생각과 자신의 생각을 정리하고 사회를 바라보는 관점을 성장시킴으로써 독서코칭을 통해 성장하고 스펙을 쌓을 수 있는 활동이다.

본부에서 선정한 많은 책 중에서 내가 선택한 책을 군부대의 조율을 거쳐 최종 선택된 책 6권과 독서노트가 왔다. 책은 분야별로 골고루 선택했다.

『철학이 필요한 순간』, 『타인의 미래』, 『조선 직장인의 열전』, 『내가 찾던 것들은 늘 내 곁에 있었다』, 『평소의 발견』, 『너와 함께라면 인생도 여행이다』 이 6권의 책으로 6회기로 진행될 예정이다.

어떤 장병들과 만나 그들의 꿈과 희망, 삶에 관해서 이야기할 지 벌써 기대가 된다. 특히 그곳에서 책을 읽고 성장하기를 기대하는 청년들이라니 얼마나 매력적인가?

나는 군장병들을 아주 좋아하고 사랑한다. 3년 6개월 전까지 논산 육군훈련소를 비롯해 서부전선은 안 가본 곳이 없을 정도로 군부대 강의에 열정적이었고 재미를 붙이고 다녔다. 갔던 곳을 다시 가기도 해 인사담당과장님과 기쁨의 재회를 한 적도 있다. 그러면서 군부대 매력에 푹 빠져 한때는 초록 나뭇잎이 흔들릴 때도 군장병들이 생각났고, 멀리서 숫자가 적힌 간판만 봐도 군부대 푯말 같아 설레기도 했다. 어느 한 곳에 미치면 그런 증상이 나타난다.

몇 백 명의 장병들이 질문에 단체로 대답을 할 때, 또는 "예"라고 강당이 떠나갈 듯 대답할 때 그 에너지는 하늘을 찌르고 나의 열정도 하늘을 찌른다. 그 맛에 군부대 강의를 미친 듯이 다녔다.

그러다 법무부 소속기관에서 비행청소년 강의를 할 때 가장 받고 싶은 선물을 그려보라고 하니 사람이 없는 밥상을 그린 친구가 있었다. 옆에 설명까지 적었다.

"엄마도 일하러 가고 형도 일하러 가고 매일 혼자 밥을 차려 먹는데 가족과 함께 밥을 먹고 싶다."

그 밥상을 보고 많은 생각을 했고 머리를 한 대 맞은 기분이 들었다. 군부대 강의를 하러 가려면 새벽부터 움직여야 해서 아이들 밥을 제대로 차려주고 다닌 적이 없었다. 한참 많이 먹고 성장할 나이인데 그러지 못한 나를 반성하게 되었고 그 후로 군부대 강의는 접었다. 고등학교 입학한 아들 아침밥 차려주고 밥 먹으면서 대화했고 내 공부에 집중했다. 이제 아들은 성인이 되어 내 손길이 크게 필요하지 않다. 때맞춰 군부대 독서코칭을 할 기회가 생겼고, 다시 군부대 강의를 할 수 있어서 얼마나 기쁜지 모른다. 지금 독서코칭 프로그램이 진행되지는 않지만 멋진 군장병들을 생각하며 강의 준비하는 걸로 마음을 달랜다.

힘든 상황이지만 강의 준비로 앞으로 할 강의에 대한 기대로 설레는 이 감정들에 행복하고 감사하다.

Thank
you

책쓰기 도전과 성공에
감사하기

오늘은 아무 일도 없었다.
한가함이라는 선물을 받았다.

오늘은 몸이 아파 누웠다.
몸에게 반성하며 감사했다.

오늘은 좋은 일이 있었다.
힘든 시간들에게 감사했다.

오늘은 실패가 있었다.
그래도 나는 아직 죽지 않았다.

내일은 새로운 만남과 선물이 있으리라.
오늘 다시 준비하며 새롭게 감사할 뿐

– 박노해 감사 –

Part
02

제 2 장

책쓰기 도전과 성공에
감사하기

책쓰기 도전과 성공에 감사하기

0

무쏘의 뿔처럼 혼자 책 쓰기 도전

나는 책을 쓰기 위해 오래전부터 노래를 불렀지만 아직 내 이름으로 된 책을 출간하지 못했다. 왜일까? 당연히 이유가 있다. 아이들의 아빠가 출판사를 운영했고 자신의 책도 여러 권 출간을 했다. 그는 철학서를 비롯해서 정말 돈이 안 되는 책만 골라서 출간을 했다. 그 출판사는 내 스트레스 지수를 올려놓는 주원인이었다. 나는 늘 그에게 말했다.

"돈 되는 책 좀 쓰라고"
"돈 되는 책 좀 만들라고"

나는 그 이유로 그를 오랫동안 괴롭혔다. 이런 상황에서 책을 내기가 쉽지 않았다. 돈 되는 책이라는 확신이 없어서 지금까지 출간을 못하는 걸로 해두겠다. 그런데 지금 생각이 많이 바뀌었다. 처음부터 돈이 되는 책이 얼마나 될까? 생각을 바꾸니 책쓰기를 대하는 마음이 편안해졌다. 꼭 돈이 되지 않더라도 내 이름으로 책을 가지는 것은 강의나 강연을 다니는 사람에게는 매우 중요하다. 마음을 바꾸니 책쓰기를 해도 되겠다는 생각이 들었다. 이왕 책을 출간하기로 마음먹었다면 많이 팔리는 책을 쓰면 좋겠지만 그렇지 못하더라도 자신의 이름으로 책을 가지는 것은 아무나 할 수 있는 일은 아니다.

　그래서 책을 쓰기로 했고 오늘이 그 첫날이다.

　2020년 12월 31일까지 책 완성하는 것이 목표이고, 매일 새벽시간에 한 꼭지씩 쓰기로 다짐하고 오늘 하루 실천했다. 습관의 힘은 대단하다. 10년 전에 100일 동안 새벽글쓰기를 한 적 있다. 100일 동안 새벽에 일어나 글쓰는 게 쉽지는 않았지만 못할 것도 없었다.

　요즘 책쓰기 코칭료가 1000만 원씩 하는 곳도 있다. 이런 곳에서 책쓰기를 코칭 받는다면 쉽게 책을 쓸 수도 있겠지만 그렇게 책을 쓰고 싶지는 않다. 힘들겠지만 무쏘의 뿔처럼 혼자 책을 쓰려고 한다. 책쓰기에 대한 나름의 소신이다. 사실 나 홀로 책쓰기는 자신과의 싸움이다. 많이 흔들리고 힘들고 외로운 길이다. 그러나 마음먹었으니 끝까지 가겠다. 제임스 클리어는 '아주 작은 습관의 힘'에서 최고의 변화는 아주 작은 습관에서 나온다고 했다. 매일 꾸준히 책을 위한 글을 쓰다 보면 어느 날 내 이름으로 책이 나올 것이라 확신한다.

나 홀로 책쓰기가 책출간으로 연결되기를 바라며 무쏘의 뿔처럼 달려간다. 이글을 블로그에 올렸는데 얼굴 한 번 본적 없는 많은 분이 응원해 주셨다.

책쓰기를 완성하는 것이 그분들에게 보답하는 길이며 응원해 주신 모든 분에게 감사함을 전한다.

멈추지 않는 새벽글쓰기

4시 20분, 창문을 여니 작은 새소리와 나무향이 막 잠에서 깨어난 나의 신경을 신선하게 자극한다. 긴 호흡으로 산에서부터 불어오는 나무향을 들이켰다. 천천히 물 한 잔을 마시며 노트북을 켜고 글쓰기를 위한 예열을 한다.

7월13일부터 시작한 새벽기상과 글쓰기가 15일째다. 오늘까지 잘 진행되고 있다. 5시에 알람을 맞춰두었는데 신기하게도 알람이 울리기 전 4시 30분쯤이면 눈이 떠진다. 코로나로 강의가 멈춘 후 그동안은 아침에 눈을 뜨면 이불속에서 핸드폰을 만지면서 시간을 보내고 그러다 또 잠을 자고 그렇게 오전 시간을 보냈다. 습관을 변화시키기로 마음먹고 카페에 새벽글쓰기를 하겠다고 다짐을 올린 후 잘 실천되는 게 신기할 뿐이다. 마음으로 하겠다고 하는 것과 글로 쓰고 선언하는 과정은 큰 차이가 난다. 다짐을 공개하고 쓰고 선언하는 것은 아주 중요하다는 것을 알 수 있다.

처음에는 눈을 뜨고 습관처럼 핸드폰에 손이 갔다. 새벽글쓰기에 온 힘을 쏟겠다고 다짐했는데도 불구하고 말이다. 귀한 시간을 허비하지 말자고 마음먹고 습관을 한 가지 더 추가했다.

'일어나면 바로 의자에 앉기'

나만 그런가. 다짐하고 선언을 하면 잘 실천한다. 이 실천은 15일째인 지금 현재진행형이다. 책을 출간하기 위한 새벽글쓰기도 잘 진행되고 있다. 이 글이 서른세 번째 글이니 하루에 두 꼭지 이상을 적었다. 새벽에 한 꼭지를 쓰고 글쓰기가 술술 잘 풀리는 날에는 세 꼭지를 쓴 날도 있다. 글이 잘 써지지 않는 날은 A4용지 하나 쓰는데도 한 문장 쓰고 생각하기를 반복했다. 반대인 날은 첫 문장 쓰고 한 번도 쉬지 않고 금방 끝내는 날도 있다. 어떤 날이든지 글쓰기를 시작하면 한 꼭지는 완성하고 끝내기로 마음먹었다. 좋은 글이든 아니든 상관없다. 어니스트 헤밍웨이는 이렇게 말했다.

"어떤 유능한 작가라도 초고는 모두 쓰레기다."

세계 최고의 작가도 초고는 모두 쓰레기라고 했는데 하물며 저자에도 이름을 올리지 못한 나의 초고는 당연히 쓰레기일 것이다. 그래서 스스로 부족하다고 느끼는 글이라도 멈추지 않고 무조건 쓰기로 했다.

일단 내 목표는 50꼭지를 완성하는 것이다. 다행히 코로나시대에 블로그에 꾸준히 올린 글을 정리하는 것도 있어서 하루에 2~3꼭지는 쓸 수 있다. 이 상태면 1주일 후면 50꼭지 완성이다. 점점 목표치에 가까워지니 글쓰기에 더 박차를 가해야겠다는 생각이 든다.

이제 어둠은 완전히 걷히고 아침이다. 글을 쓰는 중에 아침이 밝아오는 기적을 보기도 하고 나무 향 짙은 맑은 공기를 마시기도 한다.

글을 쓰고 있는 지금 자연의 위대함을 느낄 수 있어서 감사하고 멈추지 않고 글쓰기에 집중할 수 있어서 감사하다.

책쓰기 한 달 만에 책 출간 계약하기

감사하면 할수록 감사한 일이 생긴다는 게 확실한 사실이다. 얼마 전 활성화한 카페에 하루에 3개씩 감사 일기를 적고 그중에 한 개를 간단하게 블로그에 포스팅하고 그 글을 바탕으로 감사에세이란 제목으로 책쓰기를 하고 있다.

블로그에 책쓰기의 기본이 되는 글이 있기에 23일 만에 초고가 완성되었고 일주일 동안은 글을 묵혀 두었다. 그 후 3꼭지를 다시 보고 수정하고 잠자리에 들기 전 밤 11시 30분경에 종이책을 출판하는 두 곳에 출판기획서와 원고 3꼭지를 보냈다. 다음 날 아침 강의를 하러 가는 중에 모르는 번호로 전화가 왔고 출판사였다. 글이 마음에 드니 만났으면 좋겠다는 출판사 대표님의 전화였다. 원고 투고를 한다고 연락 오는 경우가 많지 않다는 것은 이미 알고 있었지만 긍정적으로 생각했다.

'연락이 온다.'

긍정적인 생각을 가지면 에너지의 파동이 그쪽으로 움직인다는 것은 많은 경험으로 알고 있으니 아무것도 알지 못하는 불투명한 상황에서 이왕이면 기분 좋게 연락이 올 것이라고 생각하며 기다리기로 했다. 연락이 안 오면 올 때까지 다른 곳에 투고하거나 새로운 방법을 찾으면 되기 때문에 미리 부정적인 생각을 할 필요가 없다. 나폴레온 힐의 '나의 꿈 나의 인생'에는 긍정적인 사고의 중요성에 대한 글이 있다.

"자신에게 긍정적인 암시를 해라. 긍정적인 정신 자세를 신중히 유지하려면 우리의 마음이 받아들이는 외부의 자극들을 통제해야 한다. 그 통제 방법에는 세 가지가 있다. 암시, 자기암시, 자동암시이다. 당신 스스로가 마음에 입력하는 것들이 나중에 출력 되는 것들을 결정할 수 있다."

내 마음이 입력한 것은 연락이 온다는 것이고 출력은 내 이름으로 된 책을 출간하게 된다는 것이다. 입력한 대로 연락이 왔고, 오늘(8월 14일) 출판사 대표님을 만나 함께 식사를 하고 차를 마시면서 출판계약을 했고 두 달 후면 책이 출간된다.

드디어 글쓰며 사는 삶을 살 수 있는 신호탄이 쏘아졌다. 대표님께서 부족함이 많은 글을 투고하자마자 선택해 주시고 책쓰기 생초보의 글을 잘 썼다고 칭찬까지 해주시니 하늘을 날아갈 만큼 기분이 좋다. 대표님께서는 출판사업으로 성공하신 분답게 사업가셨다. 처음 만나서 마음열기를 충분히 하신 후 계약서를 꺼내셨다. 출판사도 초보작가인 나도 win-win하는 계약이었고 만족하고 마음 편한 계약이었다. 정말 감사한 일이다.

대표님과 얘기를 나누다 보니 출판사가 원하는 책을 만들려면 원고가 부족하다고 하셨고 8월 말까지 원고가 마무리되기를 바라셨다. 책쓰기를 할 때부터 작은 크기의 책을 샘플로 해서 썼기에 원고량이 많지 않았다. 이미 쓰고자 하는 책의 자료는 다 소진 했고 1/3의 양을 더 써야 해서 생각만으로 머리가 복잡해졌다. 그러나 40년 경력의 베테랑 전문가 대표님께서 할 수 있다고 말씀하시니 겁 없이 그 날짜에 책을 출판할 수 있을 만큼의 원고를 쓰겠다고 약속했고 10월 말까지 책을 출간하는 것으로 계약을 했다. 책쓰기를 시작한 지 한 달 만에 출간 계약까지 일사천리로 진행되었다. 대표님의 오랜 경력과 적극적인 리드십이 있었기에 가능했다. 간절히 원하던 저자의 꿈이 코앞으로 다가왔다.

보잘 것 없는 글이 책이 될 수 있게 만들어 주시고, 아낌없는 칭찬을 해 주시는 대표님께 진심으로 감사드린다.

나는 네이버 블로그로 책을 썼다

앞서 네이버 블로그를 다시 시작했다는 얘기를 했다. 코로나 바이러스가 우리를 공포로 밀어 넣을 때 가만히 있을 수만 없는 노릇이다. 무엇인가를 하지 않으면 불안감이 온몸을 휘감으니 할 것을 찾다가 블로그에 글을 쓰기 시작했다. 생존비법을 찾던 한 가지가 블로그에 글쓰기였다. 초기 블로그에 글을 올릴 때는 일상적인 글을 쓰다가 그 후 강의에 대한 기록을 시간 날 때마다 조금씩 올렸다. 그것도 강의가 많아지면서 블로그를 할 시간이 없어서 멈춘 지가 몇 년이 된 오랜 기간 비워둔 쓸쓸한 빈집의 상태가 되어 있는 블로그였다. 이웃도 없고, 방문자도 없는 볼품없는 블로그다.

초라해도 내 집인 것처럼 블로그도 마찬가지다. 온라인상의 내 집이고, 내 마음을 표현하는 나인 것이다. 그래서 정성스럽게 1일 1포스팅을 했다. 누가 시켜서 하는 것이 아니라 내 진심을 쏟아서 글을 쓰다 보니 이웃이 찾아오기 시작했다. 나의 글에 공감해 주고 댓글을 달아주며 기쁨도 슬픔도 함께 나누어 주었다.

이제는 매일 글을 쓰지 않더라도 방문자수가 꾸준히 유지되고 있다. 고마운 이웃들이다. 온라인상이지만 이것 또한 평소의 우리 인간관계와 다르지 않다는 것을 느낀다. 진심으로 글을 읽고 댓글을 달아주시는 분이 있는가 하면 페이지를 펼치지도 않고 공감을 누르는 사람도 있다. 나는 "블로그 글 보지 않고 누르는 공감은 서로 저품질, 시간 나실 때 공감 꾹 눌러주세요."라는 제목으로 공지 글을 올렸다. 평소의 나처럼 블로그에서도 좋은 사람을 사귀고 싶지 많은 사람을 사귀고 싶은 사람이 아니다. 이렇게 글을 적어 놓아도 그분들은 페이지 자체를 열지 않으니 소용이 없다. 직접 만나지 않아도 인간관계인데 이 세상이나 그 세상이나 사람은 변하지 않는 모양이다.

블로그에 썼던 글을 정리하고 다시 쓰면서 책을 만들어도 되겠다는 생각이 들었다. 올해 안에 책을 쓰겠다고 다짐을 한 상태였으니 모든 것에 관심을 가졌고 블로그처럼 좋은 책쓰기 도구는 없었다. 그래서 집중적으로 블로그에 글을 올리기 시작했다. 물론 온전히 책쓰기를 위한 글을 올린 것이 아니라 그 날의 일상 중 한 두 가지를 간단하게 올린 후 그것을 바탕으로 글을 썼다. 이렇게 바탕글이 있으니 책쓰기를 시작 후 23일 만에 초고를 완성할 수 있었다. 7월 13일부터 책을 쓰기 시작하여 8월 4일 초고를 완성했다. 바탕글이 있으니 하루에 두세 개씩 글을 썼다. 출판사 대표님과 미팅 후에는 원고가 부족했지만 큰 문제는 없었다. 블로그를 뒤지기만 하면 소재는 충분히 나왔다.

책을 쓸 때는 먼저 주제를 정하고 목차를 정하고 쓰는 게 정석이지만 나는 좀 다르게 했다. 제목을 "그럼에도 불구하고 감사, 감사 에세이"라고 정하고 블로그를 바탕으로 글을 어느 정도 쓴 후에 분류해서 목차를 정했다. 이게 가능했던 이유는 바탕글이 있었고 전체적인 틀이 머릿속에 그려졌기에 가능했다. 그동안 여러 번 책을 쓰려고 시도했고, 제목과 목차를 정하고 글을 잘 쓰다가도 막혀서 그만

둔 경우가 몇 번 있었다. 바탕글이 있는 것과 없는 것의 차이다. 이번 출판을 계기로 블로그는 나의 책쓰기 위한 바탕글이 되니 꾸준히 글을 올릴 생각이다.

8월4일까지 초고를 쓴 후 일주일 동안 책쓰기는 하지 않았다. 모든 에너지가 다 빠져 나간 기분이 들었고, 글을 수정하기 위해 초고를 들여다봐야 하는데 큰 산이 앞을 가로막고 있는 느낌이 들어 쉽게 손에 가지 않았다. 글을 고쳐야 하지만 마음이 움직이지 않아서 다른 일을 하면서 책쓰기를 내 마음에서 밀어냈다. 가구를 옮긴다든지, 반찬을 만든다든지 대청소를 하면서 마음을 다른 곳에 집중했다. 그러다 이틀 동안 전자책 출판에 대해 배우러 갔다. 8월 12일 저녁에 3개의 글만 수정을 하고 출판기획서를 작성해서 두 곳에 메일을 보냈다. 다음 날 아침에 출판사로부터 만나자는 연락이 왔다.

'기획서를 보내고 10시간도 지나지 않았는데 바로 연락이 오다니……'

애들 말로 대박이다. 급히 강의를 하러 가던 중에 받은 전화였지만 기쁨을 감출 수가 없어 길을 가면서도 혼자 배실배실 웃으며 "감사합니다. 정말 감사합니다."를 마음속으로 외쳤다. 14일 출판사 대표님과 미팅을 하고 그 자리에서 바로 계약을 했다. 행운이 나에게 굴러 들어왔다. 행운은 준비된 자에게 온다는 말을 실감하며 표현할 말이 없을 정도로 기뻤다. 원고가 부족하다는 대표님의 말씀을 듣고 8월 말까지 원고를 마무리하고 넘기기 위해 지금 열심히 원고를 작성 중이다. 원고가 부족하다는 말을 처음 들었을 때는 재료가 바닥났다고 생각했는데 블로그를 뒤지다 보니 널려 있는 게 재료이고 내 머릿속에도 재료가 넘쳤다. 원고를 더 쓰라는 대표님에게 재료가 바닥났다는 걸 슬쩍 말씀드렸더니

"23일 만에 초고를 쓴 사람인데 충분히 이번 말까지 원고 더 쓸 수 있어요."

대표님의 말씀처럼 원고가 거의 마무리 단계다. 8월 말까지 원고 쓰는 기한을 정했지만 이번 주, 22일이면 원고가 다 마무리 될 것 같다. 소책자를 만들 생각이었는데 제대로 된 책을 출간할 수 있게 말씀해주신 대표님께 감사드린다.

그동안 블로그를 하면서 유혹이 많았다. 기자단을 하라고 수없이 연락이 온다. 나는 고품격의 내 집인 블로그를 지키기 위해서 그 모든 것을 거절하고 있다. 오늘도 나는 블로그에 글을 올린다. 누구는 한 가지 주제만으로 글을 써야 수익을 창출할 수 있다고 하는데 나는 일상의 모든 것에 대해 내 생각을 글로 썼다. 현재 나의 가장 큰 꿈은 내 이름으로 된 책을 가지는 것이다. 블로그에 글을 올렸고, 그

글로 책 출판계약을 했고, 내가 원고를 넘긴 후 두 달이 지나면 책이 나올 것이다. 나의 가장 큰 꿈을 이루는 것이 가장 큰 수익을 내는 것이다. 블로그를 통해서.

블로그에 나를 표현 할 수 있고 좋은 이웃과 소통하고 내 이름으로 된 책까지 출간할 수 있어서 진심으로 감사하다.

김훈의 자전거여행 1, 대작가에게 글쓰기를 배우고 싶다

이 책은 5년 전 중학생인 아들에게 생일선물로 받은 책이다. 이미 읽은 책이지만 소장하고 싶은 책이라 생일선물에 관해 묻기에 사달라고 했다. 책을 쓰기로 하면서 이 책을 다시 꺼내어 읽고 있으며 마무리는 못했지만 유일하게 필사를 시도한 책이다.

내가 김훈이라는 말을 꺼내자 아들이 눈을 크게 뜨며 아는 체를 했다. 학교에 입학하기도 전에 만났던 대작가가 기억이 난 모양이다. 김훈 작가 앞에 앉아서 함께 사진도 찍고 사인도 받는 영광을 누렸으니 당연히 기억이 났을 것이다. 글 잘 쓰는 작가가 궁금해서 뵙고 싶다는 생각했을 때 남한산성에서 강연이 열린다는 정보를 듣고 어린 아들을 데리고 가서 작가를 만났다.

나는 옛날부터 김훈 작가의 글이 좋았다. 그의 글은 군더더기 없는 간결한 글, 절제된 글이다. 그가 강연 중에 "꽃은 피었습니다."와 "꽃이 피었습니다." 두 문장을 두고 주어를 어떻게 쓸 것인지 며칠을 고민하고 썼다니 한 권의 책이 나오기 위해서는 얼마나 수고로운 세월을 보내야 했을지 알 수 있는 대목이다. 그래서 독자들은 작가의 빛나는 문장에 감탄하고 행복해 한다.

　내가 글을 쓰겠다고 생각하면서 따라하고 싶은 대상, 즉 글쓰기의 롤모델이 대작가 김훈이다. 그의 글은 어떻게 이런 표현을 할 수가 있는지 항상 의문이 들고 간결한 문체에 부러움이 넘친다. 읽고 또 읽어도 따라 할 수 없는 표현들이다. 박웅현의 표현을 빌리면

　"줄을 치고 또 쳐도 마음을 흔드는 새로운 문장들이 넘쳐나는 게 김훈의 책입니다."

　나 역시 공감하는 글이다.

　'자전거 여행1'은 1999년 가을부터 2000년 여름까지 그의 자전거인 풍륜(風輪)을 타고 전국의 산천을 다니면서 쓴 글이다. 박웅현의 표현대로 얼마나 새로운 문장들이 넘쳐나는지 대작가의 문장을 몇 개 옮겨 본다.

자전거를 타고 저어갈 때, 세상의 길들은 몸속으로 흘러들어간다.

생사는 자전거 체인 위에서 명멸한다. 흘러오고 흘러가는 길 위에서 몸은 한없이 열리고, 열린 몸이 다시 몸을 이끌고 나아간다.

구르는 바퀴 위에서, 몸은 낡은 시간의 몸이 아니고 현재의 몸이다.

그 몸이 세상에 갓 태어난 어린 아기처럼 새로운 시간과 새로운 길 앞에서 곤히 잠든다.

갈 때의 오르막이 올 때는 내리막이다. 모든 오르막과 모든 내리막은 땅 위의 길에서 정확하게 비긴다.

자전거를 타고 오르막을 오를 때, 길이 몸 안으로 흘러 들어올 뿐 아니라 기어의 톱니까지도 몸 안으로 흘러들어온다. 내 몸이 나의 기어인 것이다.

신비라는 말은 머뭇거려지지만, 기진한 삶 속에도 신비는 있다.

이 글들은 본 문장의 글도 아니고 프롤로그 단 3페이지에 있는 글 중에서 옮겨 봤는데도 감탄을 금할 수가 없다. 나의 짧은 문장력으로 대작가를 말한다는 게 민망해서 정끝별 시인의 글로 이 글을 마무리한다.

'산하 굽이굽이에 틀어 앉은 만물을 몸 안쪽으로 끌어당겨 설(說)과 학(學)으로 세우곤 하는 그의 사유와 언어는 생태학과 지리학과 역사학과 인류학과 종교학을 종(縱)하고 횡(橫)한다. 가히 엄결하고 섬세한 인문주의 정수라 할 만하다. 진정 높은 것들은 높은 것들 속에서 진정 깊은 것들은 깊은 것들 속에서 나오게 마련인가 보다.'

  김훈 작가와 같은 시대를 살아가고 그의 글을 읽을 수 있는 것만으로도 감사하다.

책쓰기의 씨앗이 된 글에 감사하기

O

책쓰기, 징후가 있다

책을 쓰겠다는 사람들은 그 징후가 있고. 대부분은 책읽기를 즐겼다는 것을 알 수 있다. 나도 마찬가지다. 어린 시절로 돌아가 보면 만화방을 내 집처럼 다니던 시절부터 책을 써야 하는 운명이 아니었을까?

초등학교 4학년부터 만화책에 푹 빠져 살다 더 읽을 것이 없어 닥치는 대로 활자들을 읽어대기 시작했다. 초등학교 6학년부터 아동용 책이 아니라 세계문학전집을 읽었고 그 책들을 다 읽었을 때는 아버지의 책을 읽기 시작했다. 20대에는 앞 몇 페이지만 겨우 읽은 철학책들을 끼고 다니며 폼을 잡던 것까지 이 모든 과정이 책 쓰기의 징후일 것이다. 그러다 결혼생활로 잠시 책과 이별을 했던 시기가 있었다. 아이들을 키우면서 교육용 책위주로 읽다가 제2의 책읽기에 빠져들었다. 최소 일주일에 한두 번은 도서관에서 책을 읽고 대출을 받았다.

시간상으로 여유가 많지 않아서 책 읽는 시간을 확보하기 위해 기본적인 생활에만 집중해서 살아가고 있다. 생활을 유지해야 할 최소한의 것인 밥 먹고, 밥벌이하고, 약간의 집안일 외는 다른 곳에 시간을 낭비하지 않는다. 살림 잘하는 주부들처럼 알뜰살뜰 집 안을 깨끗이 치우거나 근사한 요리를 하거나 하지 않는다. 지금은 미니멀라이프를 실천하고 있기에 집에 물건이 없어서 치우지 않아도 항상 깨끗하다. 또 쓸데없이 사람을 만나지 않는다. 그렇게 살아도 별 불편함 없이 잘산다. 그 정도로 읽기에 빠져 산다.

도서관에 가면 기본 5권은 빌려온다. 그날 눈에 띄는 책이 더 있을 때는 막내아들에게 부탁해서 추가로 2~3권을 더 빌려온다. 하루에 1권 정도는 읽는 셈이다. 일하면서 일주일 동안 어떻게 그 책을 다 읽느냐고 묻는 분들이 있다. 한 달 아니면 일 년에 책 한 권도 읽지 않는 사람은 이해가 되지 않을 수 있다. 도서관에서 책을 빌릴 때는 읽기 어려운 책만 빌리지 않는다. 정독할 책 한 두 권 정도와 나머지는 가볍게 읽을 수 있는 책들이며 분야를 가리지 않고 읽는 스타일이기도 하다.

항상 책을 끼고 살고 있기 때문에 집안에서 움직일 때도 책이 옆에 있다. 설거지하기 전에도 컴퓨터 앞에서 부팅이 되기까지, 화장실에서 볼일을 볼 때도 책을 끼고 다닌다. 정말 그렇게 하는지 의문을 가지는 사람도 있을 것이다. 의심스러우면 책읽기에 빠져보면 안다. 그러면 움직이면서도 책의 내용이 궁금해서 시키지 않아도 그렇게 하고 있는 자신을 발견하게 된다. 나 같은 증상을 가지신 분이 꽤 있을 것이고 결국 이런 분이 책을 쓰게 된다.

나의 책읽기 스타일은 가지치기다. 한 권을 읽은 후 거기에 관련된 도서를 찾아 읽고 뻗어나가는 식이다. 그 책을 쓴 작가가 되어 그 책을 따라가면 읽는다. 좋은 책을 찾아 읽게 되면 자연스럽게 훌륭한 작가들을 소개 받는다는 뜻이다. 주위에서 하는 말들이 있다.

"넌 활자중독자야."
"활자중독자?"

얼마나 영양가 있는 중독자인가? 여러분도 책읽기에 푹 빠져 보시기 바란다. 책 읽는 즐거움이 어떤 놀이보다 신나고 재미있는 놀이라는 걸 빠른 시일 내 느낄 수 있을 테니까 말이다. 이 모든 것이 내 책쓰기의 징후다. 여러분도 기억을 되돌려 보기 바란다. 예를 들면 초등학교 때 백일장에 나가서 상을 받은 기억, 선생님께 글을 잘 쓴다고 칭찬을 받았던 기억 그것도 아니면 연애편지를 열심히 써 본 기억 등 어느 시점에서 본인이 '아, 이때부터구나!' 는 생각이 들면서 책 쓰기를 반드시 해야 하는 사람이라고 본인 스스로 인정하게 된다. 그때부터 책 쓰기에 속력이 붙기 시작한다.

아무리 기억을 되돌려 봐도 그런 징후가 없다는 사람이 있을 것이다. 장담하건대 그런 분은 책 쓰기를 위해 태어난 사람이다. 개개인의 타고 난 천재성이 책 쓰기일 것이다. 타고난 이야기꾼, 춤꾼, 뛰어난 영재성 이런 것과 마찬가지로 책 쓰기를 타고 난 사람이다. 그런 분의 재능에 열정을 더하면 누구도 따라가지 못할 정도로 능력을 발휘하는 사람이 된다. 어떤 경우든지 책을 쓰기로 마음을 가졌으면 두려워하지 말고 앞만 보고 달려야 한다. 흔들리지 말고 책 쓰기에 몰입해야 한다.

내내가 원하는 책을 마음껏 읽을 수 있고 책 쓰기를 할 수 있는 것은 가족들의 배려가 있었기에 가능했다. 한 번도 그 생각을 못했는데 감사에세이를 쓰면서 가족 덕분이라는 걸 깨달았다. 가족에게 진심으로 감사하고, 항상 원하는 책을 마음껏 읽을 수 있는 도서관이 가까이 있어서 감사하다.

책쓰기, 가슴이 시키는 일

출간계약서를 작성하고 감동의 마음으로 처음 책을 쓰겠다고 다짐했던 10년 전의 글 '책쓰기, 가슴이 시키는 일'을 꺼내서 읽고 출간계약서는 이 글이 씨앗이 되었을 거란 생각이 들었다.

책쓰기, 가슴이 시키는 일

한 때는 자기계발에 관한 책을 꽤 읽었고 읽다 보니 그들의 공통점이 눈에 보이기 시작했다. 가장 큰 특징은 책을 썼다는 것이다. 오랜 기간 책을 읽어도 내가 책을 써야겠다는 생각을 한 번도 한 적이 없었다. 남의 것을 받아들이는 데 익숙했고 읽는 것에 충분한 행복과 희열을 느꼈기 때문이다.

2011년 여름에 웨인 다이어의 『행복한 이기주의자』를 읽고 책 전체 내용이 내 마음을 사로잡았다. 그냥 흘려보낼 수 있는 글이 한 줄도 없었다. 머리카락이 한 올 한 올 하늘을 치솟고 심장이 멍해지고 책을 읽을 수가 없었다. 뭐라고 표현할 수 없는 감정이 복받쳐 올라왔다.

'이건 아니다. 나는 왜 읽고만 있지? 나도 쓸 수 있을 것 같아.'

이 생각이 가슴에 차올랐다. 자리를 박차고 일어나서 밖으로 뛰쳐나가 하늘을 올려다봤다.

"나도 할 수 있을 것 같아."
"그래, 너도 할 수 있어."

새파란 하늘이 힘주어 나에게 말했다.

내 생애 가장 힘든 시기를 보내고 있었고 내 마음은 바닥에 닿아 있었다. 믿었던 사람에 대한 실망과 좌절, 남편과의 관계, 아끼고 사랑했던 만큼 마음의 상처는 깊어 그 골에서 빠져나올 수 없었다. 그 모든 것이 나로부터 시작되었다 하더라도 나는 일어설 수가 없었다. 가톨릭 신자인 내가 미사시간에 외치는 "내 탓이오. 내 탓이오."를 아무리 외쳐도 돌아서면 상대를 향한 미운 마음이 나를 감싸고 놓아주지를 않았다. 나는 내 한 몸을 지탱하기도 힘든데 그들은 웃고 떠들고 아무렇지도 않게 또 다른 관계를 만들어 갔다. 그런 행동들이 나를 더 힘들게 했다. 교육원 강의도 학원수업도 별 무리 없이 잘 버티고 있다. 밖으로 드러나는 것은 아무것도 없다. 불면증에 걸려 잠을 잘 수도 없었고 아무 감정 없는 마른 나무토막 같은 무표정한 내 모습이 거울에 비치면 경악할 정도로 싫었지만 표면상으로는 아무렇지도 않게 잘 살아가는 것처럼 보였다.

죽음과 맞닿아 있던 가장 힘든 시기에 책을 써야겠다는 생각을 했다. 나에게 빛으로 쏟아진 책쓰기를 외면할 수 없었다. 책을 써야겠다는 생각이 왜 그 순간 들었는지, 내 생명을 이어갈 수 있는 끈이라도 되는 양 난 그것을 붙들었다. 생각을 정리하려고 '행복한 이기주의자'와 공책 한 권, 간단한 옷가지를 챙기고 수도원으로 들어갔다. 수도원의 육중한 큰 문을 살짝 밀었다. 숨은 고양이처럼 한 발을 내밀고 고개를 들었다. 불암산의 아련한 산세와 고요함이 내 몸 구석구석에 스며들었다. 배나무 사이로 나 있는 길을 따라 성당을 찾아갔다. 해질녘의 어스름 속으로 걸어가는 발길은 내면의 기쁨으로 가득 찼다. 오랜만에 느껴보는 순수한 감정을 만끽하며 성당 안으로 들어갔다. 짧은 기도를 마친 후 수사님께 수도원에서 지켜야 할 주의 사항을 듣고 함께 내가 지낼 곳으로 갔다.

수사님께서 배밭 샛길을 지나 2층 건물 중 1층 맨 끝방으로 안내해주셨다. 정갈한 그 방은 내 마음에 쏙 들었다. 간단하게 짐을 정리하고 책상 앞에 앉았다. 참았던 울음이 터졌다. 의식할 사람 한 사람도 없는 이 방에서 그동안 억눌렀던 감정들을 쏟아냈다. 마음이 안정되자 '행복한 이기주의자'를 읽고 또 읽기를 반복했다. 책을 읽다가 고개를 들면 파릇한 새싹들이 나를 바라보고 있었다. 그 장면에 미소 지으며 공책을 앞으로 당겨 글을 쓰기 시작했다. 또 책을 읽고, 수도원 안을 산책하고 하루에 한 번 미사를 드리고 산책하다 내 방으로 들어오고 충만한 하루하루를 보냈다. 가끔 불암산에도 올랐고 사람이 다니지 않는 길에서 무서움을 느꼈지만 꾹 참고 정상까지 올랐다가 내려왔다. 수도원에 도착할 때쯤 촉촉이 내리는 비를 맞으며 걸었다. 그 빗물이 나의 옷자락만 타고 흐르는 것이 아니라 내 마음속 깊은 곳의 골을 따라 졸졸 흘러내려 나를 깨끗하게 씻어주기를 바랐다.

수도원에서의 일주일은 마음을 정리하기에는 부족한 시간이었지만 책을 쓰기 위한 마음을 다지기에는 충분한 시간이었다. 어느 정도 마음을 비웠고 몇 개월은 책을 쓰기 위한 준비과정을 거치고 2012년까지는 한 권의 책을 내자는 다짐을 하고 수도원을 나왔다.

이 글은 그 당시에 적혀있던 글의 일부분이다. 간절하게 책을 쓰려고 마음을 잡았지만 여러 가지 여건과 책을 잘 쓰려는 욕심이 앞서 책을 쓰지 못했다. 그러나 이 글은 오늘을 있기 위한 씨앗이 된 글이고 지금 싹을 틔웠고 열매를 맺으려 한다. 그때의 간절함이 가늘지만 길게 이어져 왔음에 감사한다. 당시에는 생과 사를 오가는 순간을 견디며 살았던 것 같지만 지금은 그것조차도 흔적을 찾을 수 없다. 어느 순간부터 감사한 마음으로 내가 생각하는 대로 나의 의지대로 나를 긍정적인 방향으로 조종하면서 살아왔다. 그것이 자연스럽게 내 몸에 체화되어 이제 의식하지 않아도 자연스럽게 뇌가

작동한다. 타인에 대한 미움이 사라졌고 마음은 평온한 상태를 유지한다.

'자기 마음을 편안하게 하는 깨달음을 얻는 것이 감사함이다.'고 말한 '타이탄의 도구'의 저자 팀페리스의 말처럼 감사한 마음을 가졌을 뿐이고, 감사의 글을 쓸 뿐인데 마음의 평화를 얻을 수 있어서 감사하고, 책을 쓰고 싶었던 씨앗글에도 감사하다.

새벽글쓰기 100일 프로젝트

일정한 시간을 정해 글을 쓰는 게 습관화 되어야겠다. 수업 마치는 시간이 늦고 일정하지가 않아서 새벽시간을 이용하는 것이 가장 효율적인 방법인데 야간형 인간인 내가 가능할지 걱정이 된다. 일을 하면서 새벽시간에 책을 쓴다는 것을 성공한 사람들의 책에서 봤지만 워낙 아침잠이 많아서 새벽에 일어나는 것은 나에게 큰 모험이다. 어쩌다 잠을 설치고 새벽에 일어나면 그날 하루 종일 하품을 하며 피곤함을 느껴 일이 제대로 되지 않는다. '새벽형 인간'은 나와는 별종의 사람들이라고 생각했다.

그런데 책을 내고자 마음을 먹은 이상 글 쓸 시간을 확보해야 한다. 머리를 쥐어짜도 저녁에는 시간을 낼 수 없다. 8시에 수업을 끝내고 집에서 아이들 저녁을 차려주고 대충 정리해도 10시 11시가 훌쩍 넘고, 애들이 말을 시켜서 집중할 수가 없다. 또 시험기간에는 불가능한 시간이다. 새벽시간만 글쓰기가 가능한데 이 시간에 일어나기 위해서는 저녁 약속을 포기해야 한다. 좋은 사람들과 수다 떨기를 좋아하고 맛난 것 먹으러 다니는 것도 좋아하는 내가 책을 쓰기 위해서는 모진 마음으로 저녁 즐거움을 포기해야 한다.

선택의 여지가 없이 새벽시간에 책을 쓰기로 했다. 일단 며칠만 해보자는 마음으로 새벽에 일어났다. 아니나 다를까 강의를 하는 도중에도 하품이 나와 민망함을 보였고, 피로감에 잠깐이라도 시간이 나면 눈을 붙여야 다음 수업을 할 수 있을 정도로 힘들었다. 그 주 주말에 그동안 자지 못했던 잠을 한꺼번에 몰아 자느라 잠자는 주말이 되었다.

며칠 해 본 결과는 새벽시간에 글을 쓸 수 있으나 너무 피곤하고 주말이 힘들었다. 일에 지장이 있을 만큼 힘든데 새벽기상을 계속해야 할지 그만 두어야 할지 고민을 했다. 그러나 섬광처럼 떠올랐던 꿈을 포기할 수는 없었다. 새벽 시간외는 글을 쓸 수 있는 시간이 없으니까 계속 해야 된다는 결론을 내고는 그 때부터는 앞만 보고 달렸다.

혼자 '글쓰기 100일 프로젝트'란 이름을 짓고 새벽에 일어나기 시작했다. 간단한 다짐과 함께 책 쓰기 준비 과정에 들어갔다.

새벽 5시 기상해서 7시까지 글쓰기

늘 새벽에 일어나는 사람은 모르겠지만 야간형 인간인 내가 새벽에 천근만근 같은 눈을 떠야 하는 것은 고통이었다. 하루 이틀, 일주일 시간이 가면서 조금씩 적응이 되나 했더니 한 달 때쯤 되었을 때 '내가 왜 짓을 하고 있지. 이렇게까지 해야 하나?'는 회의가 들었다. 포기하기에는 한 달 동안 진행한 것이 아까웠다. 그러다 수강생들에게 100일 프로젝트에 관한 얘기를 했고, 동참하실 분을 모집했다. 10명 정도가 뜻을 모았고 함께 가기로 했다.

일주일에 2번 교육원 수업할 때마다 확인했고 글쓰기 한 것을 낭독했다. 새벽에 일어나는 것이 힘들어서 함께 할 수 있는 방법을 모색했다. 프로젝트를 시작한 강사로서 스스로가 빠져 나갈 구멍을 원천 봉쇄했다. 그렇게 100일 프로젝트는 무사히 마쳤고 100편의 글을 썼다. 나에게 이런 독한 마음이 있다는 것에 놀랐고, 그만큼 책을 쓰고자 하는 열망이 강했기 때문에 가능한 일이었다. 약속을 지키기 위해 독하게 마음먹은 일을 예로 들어보겠다.

성당에서 교사들 피정을 갔을 때 일이다. 모든 행사가 끝나고 10시쯤 교사들끼리 간단한 다과와 깔깔거리며 수다시간이 펼쳐졌다. 양해를 구하고 미련 없이 일어나 내 방으로 돌아와 누웠다. 평소의 나와는 다른 모습에 의아해하는 그들을 뒤로한 채 내일 새벽을 위해서는 어쩔 수 없는 선택이었다. 역시나 그 시간은 새벽까지 이어졌고 그 자리에 있었다면 100일 프로젝트가 한순간에 끝나 버렸을 것이다. 그들이 잠자리에 들 시간쯤 일어나서 성당으로 갔다. 고요함 속에서 기도한 후 희미한 불빛 아래에서 글쓰기를 했다. 이렇게 위기를 넘길 때마다 스스로에게 아낌없이 칭찬을 해주었다.

새벽에 일어나기 시작하면서 저녁 시간을 줄이게 되었고 그러다 보니 아예 저녁에 나가는 것조차도 싫었다. 술 마시자는 전화가 오면 무조건 "노"라고 대답했고 이제 그들은 더 이상 저녁시간을 낭비하자는 전화를 하지 않는다. 그러면서 지인들과의 관계도 정리되었다. 만남을 거부한 나를 이해해주고 다독거려주는 진짜 친구들만 남게 되었다. 진정성이 있는 그들이 고맙다. 책을 쓰기 위한 준비과정이 힘겹기는 하지만 스스로가 원한 일이라 피곤함을 잊고 앞만 보고 달린다. 책을 쓰고자 하는 독자들도 내가 겪은 과정을 한 번쯤은 겪었으리라 생각한다.

100일 프로젝트로 끝날 줄 알았던 글쓰기는 지금 책쓰기의 기초가 되었다. 그때 새벽글쓰기를 함께했던 수강생들에게 감사하고 글 쓰느라고 함께 하지 못한 나를 이해해주는 지인들에게 감사함을 전한다.

책쓰기 글쓰기

'자신의 이름으로 책을 한 권 가진다.'는 생각만 해도 가슴이 뛰는 일이다. 책쓰기라지만 글쓰기가 되어야 책쓰기를 할 수 있다는 생각을 하는 나로서는 글에 대한 두려움을 어떻게 극복할지 그것이 문제였다. 그런데 100일 동안 A4용지 한두 장의 글쓰기로 제법 자신감이 붙었다. 처음에는 '과연 100일 동안 글을 쓸 수 있을까?' 의문을 가졌지만 매일 컴퓨터 앞에서 그날 머릿속에 떠오르는 키워드로 제목을 쓰고 첫 단어만 쓰기 시작하면 신기할 정도로 자판을 두드리고 있는 나를 본다.

놀라운 경험이었다. 나의 힘으로 되는 것이 아니라는 생각이다. 새벽에 졸린 눈을 비비고 컴퓨터 앞에 앉는 일, 순간 번쩍이며 떠오르는 그 날의 키워드를 찾아내는 일까지가 내가 할 수 있는 일이다. 생각을 이어가고 글을 써내는 일은 내 영역이 아니었다. 간단한 쪽지정도, 시라고 할 수 없는 글 나부랭이나 쓰던 내가 책을 쓰기 위해 100일 동안 하루도 빠짐없이 100꼭지의 글을 썼다는 것은 누군가의 에너지가 나를 관통해 표현되는 것이라고 밖에는 달리 표현할 방법이 없다.

정말이지 어떤 날은 A4용지 한 장을 쓸 때 단 한 번도 멈춤 없이 단숨에 쓴 적도 있고 쓰고 나서 스스로 대견하고 놀라서 소름이 돋은 적도 있다. 책쓰기 관련 책들을 읽어보면 책을 쓸 때는 글쓰기는 문제가 되지 않는다는 말이 나온다. 내가 쓰기 전에는 절대 이해할 수 없는 일이다. 그런데 책을 쓰고자 하는 열정, 글을 쓸 때 몰입이 결과적으로 글을 쓸 수 있게 만드니까 이런 말이 나오지 않았을까 싶다.

자기의 강점을 살려서 책을 내고 싶다든지 드라마 같은 본인 인생을 책으로 내고 싶은 분은 주저 없이 글을 쓰라고 자신 있게 말한다. 내 경험으로 할 수 있다고 확신한다. 열정, 책을 내고자 하는 열정만 있다면 글쓰기는 문제가 되지 않는다. 그래도 믿지 못하고 나처럼 자기검열이 필요한 사람이라면 100일 동안 100꼭지의 글을 쓰면 된다. 한 줄이 되던 두 줄이 되던 쓰다 보면 어느 순간 한 편의 글이 완성되어 있다. 두려워하지 말고 첫 문장만 써라. 다음 문장부터는 자신이 쓰는 것이 아니다. 또 다른 에너지가 자신을 글쓰기의 세계로 이끈다는 것을 알 수 있다. 그렇게 100꼭지의 글을 쓰고 나면 글쓰기에 자신감을 가지게 되고, A4용지 한두 장의 글은 쉽게 쓸 수가 있다. 내가 100일 동안 글쓰기를 통해 책쓰기의 근력이 붙지 않았다면 감히 책을 쓴다는 약속을 하지 못했을 것이다.

모든 유혹을 물리치고 100일 동안 하루도 빠짐없이 글쓰기를 실천할 수 있어서 감사하다.

나탈리 골드버그의 글 쓰며 사는 삶

책을 쓰기 위해서는 글쓰기가 먼저 되어야 한다. 책을 써야겠다고 마음먹기 전에는 글쓰기에 대해 깊이 생각해 본 적이 없다. 그것은 소설가나 수필가, 시인이 할 일이라고 어렸을 때부터 뿌리박히게 세뇌되어 있었다. 독서코치를 했던 나를 글 꽤나 쓰는 사람으로 착각한다.

완전 오해다. 어렸을 때 학교에서 글을 쓰라고 하면 썼다 지우기를 반복하며 서너 줄 써놓고 더 쓸 말이 없어서 멍하니 앉아 있었다. 가르치는 일과 본인이 글을 잘 쓰는 일은 전혀 무관하며 분명 성질이 다른 것이라고 생각한다. 또 그 분야를 전혀 모르면 '무식하면 용감하다.'는 말처럼 손 가는 대로 글을 썼을지 모른다. 그러나 아는 게 병이다. '잘 써야 한다.'는 강박증이 글을 쓰지 못하게 가로막는다. 그게 나다. 그런 내가 글쓰기가 아니라 책 쓰기에 출사표를 던졌다.

마음은 먹었지만 막막했다. 인터넷을 이 잡듯 뒤졌고 이제 도서관에서 글쓰기와 관련된 도서를 찾고 있다. 도서관 한 면을 차지하고 있는 글쓰기에 관련된 책을 모조리 읽었고 마음은 더 무거워졌다. A4용지 한두 장 쓰는 게 아니라 기본 250페이지 정도를 쓸 생각을 하니 앞이 깜깜해졌다. 이렇게 많은 책이 도서관에 널려있는데 책의 저자들도 그런 생각을 하며 책을 썼을까? 아니면 물 흐르듯이 한순간에 써 내려갔을까? 나처럼 고민 또 고민하면서 썼을까?

갑자기 책을 쓴 저자들에게 존경심이 든다. 가끔 '이것도 책이라고 썼을까?' 생각했던 저자들까지도 그 책을 위해 많은 고민과 시간과 열정을 쏟았을 생각을 하니 그분들 또한 대단한 사람이란 생각이 들었다.

글쓰기와 책쓰기에 관한 많은 책들이 글을 쓰는데 영향을 미쳤지만 특히 나탈리 골드버그의 '글 쓰며 사는 삶'에 나온 글을 읽으며 글 쓰는 것에 큰 용기와 자신감을 가지게 되었고 글을 쓰는 지금도 그 말을 생각하며 써내려간다. 독자들도 큰 소리로 읽고 글쓰기를 시도한다면 막힘없이 잘 써내려갈 수 있다.

–손을 계속 움직여라. 10분이든 한 시간이든 글을 쓰려고 자리에 앉았다면, 절대 멈추면 안 된다. 10분을 마음먹고 글을 쓰다가 8분쯤 지났을 때 발 앞에 폭탄이 떨어지더라도 꼼짝해서는 안 된다. 시간을 다 채울 때

까지 써야한다.

　-억제하지 말라. 말하고 싶은 걸 말하라.

　-구체적으로 쓰라. 자동차라 하지 말고 캐딜락이라고 하라. 과일이 아니라 사과라고 하라.

　-생각하지 말라.

　-마침표와 철자, 문법에 얽매이지 마라.

　-급소를 건드려라. 뭔가 두려운 것이 떠오르면 거기에 맞닥뜨려야 한다. 그곳에 에너지가 있기 때문이다.

　-우리 모두는 이미 자신의 문제를 가지고 있다. 자신만의 삶을 살고 있는 존재이기 때문이다.

　-문체에 대해서는 걱정하지 말라. 생긴 대로 살고 편히 호흡하고 마음껏 느끼라. 다만 글을 계속 써야 한다는 것만은 잊지 마라.

　-글쓰기를 통해 삶의 진실을 경험한 사람은 극도의 부정과 절망감에 빠지지 않는 한 글쓰기를 외면할 수가 없다. 그건 마치 "이제 더 이상 물을 마시지 않겠다."고 선언하는 것과 같다.

　-매일 아침 잠에서 깨자마자, 그리고 잠들기 전에 자신에게 말하라, 나는 작가다. 스스로 그 말을 믿든 안 믿든 상관없다. 그냥 씨앗 하나 심어놓았다고 생각하라.

　나탈리 골드버그의 글을 읽고 자신 있게 글을 쓰기 시작했다. '발

앞에 폭탄이 떨어지더라도 꼼짝하지 말고 시간을 다 채울 때까지 글을 써야한다.' 는 대목은 실천하면 할수록 작가에게 고맙다는 말 외는 달리 표현할 방법이 없다. 가끔 글을 쓰다가 막힐 때가 있다. 자리를 박차고 일어나면 거기서 멈추어질 글이 그녀의 말처럼 엉덩이를 붙이고 앉아 있으면 신기하게도 생각이 줄을 잇는다. 그리곤 손이 춤을 추듯 자판을 두드리고 있는 나를 발견한다. 책을 쓰겠다고 마음을 먹은 독자들은 이미 알고 있는 방법일지라도 꼭 실천으로 옮겨보기를 바란다. 신기한 경험을 하게 될 것이다.

나탈리 골드버그의 '글 쓰며 사는 삶' 을 읽고 겁 없이 글을 쓰고 있는 지금 그녀의 글에 자신을 얻고 영향을 받을 수 있어서 감사하다.

Thank you

귀한 인연에게 감사하기

이른 새벽 눈을 뜨면
나에게 주어진 하루가 있음을 감사하렵니다.
밥과 몇 가지 반찬 풍성한 식탁은 아니어도
오늘 내가 허기를 달랠 수 있는
한 끼 식사를 할 수 있음을 감사하렵니다.

누군가 나에게 경우에 맞지 않게 행동할지라도
그 사람으로 인하여 나 자신을
되돌아 볼 수 있음을 감사하렵니다.

태양의 따스한 손길을 감사하고
바람의 싱그러운 속삭임을 감사하고
나의 마음을 풀어 한 편의 시를 쓸 수 있음을
또한 감사하렵니다.

오늘 하루도
감사하는 마음으로 살아가야겠습니다.
이토록 아름다운 세상에 태어났음을
커다란 축복으로 여기고
가느다란 별빛 하나 소소한 빗방울 하나에서도
눈물겨운 감동과 환희를 느낄 수 있는
맑은 영혼의 내가 되어야겠습니다.

— 장세희의 이토록 아름다운 세상에 —

Part

03

제 3 장

귀한 인연에게
감사하기

엄마에게 감사하기

0

한복장인 친정어머니의 패션마스크

어렸을 때부터 한복집 딸로 불렸다. 엄마의 한복 만드는 솜씨는 마산에서도 소문났었다. 동네에 백화점이 들어서고 그곳에 한복매장이 생겼을 때 주문받은 한복을 만들어 달라는 의뢰가 들어왔을 정도니 엄마의 실력은 검증된 상태다. 손이 야무신 엄마는 그렇게 번 돈으로 우리 4남매를 남부럽지 않게 키우셨다.

지금은 연세가 많으셔서 한복은 만들지 않지만 동네에서 옷 수선도 하시고 간단한 옷을 만들기도 하신다. 코로나19가 한창 기승을 부릴 때 마스크 대란이 났었고, 난 엄마에게 마스크를 만들어 보라고 말씀을 드렸다. 어머니는 눈이 침침해서 만들기 힘들다고 하시더니 이웃에서 계속 권유를 하시니 만들어서 무료로 드리기도 하시고 사겠다는 분이 있으면 팔기도 하셨던 모양이다.

얼마 전 여동생이 친정어머니께 들렀다가 마스크를 보고 예쁘다고 카카오톡에 올렸다. 어디에서도 볼 수 없는 세련된 패션마스크다. 여동생 가족과 엄마가 식당에 갔는데 엄마가 만드신 마스크를 온 가족이 쓰고 갔던 모양이다. 식당 주인이 예쁘다고 어디서 샀는지 물어봐서 엄마가 직접 만든 것이라고 하니 마스크를 팔 수 있냐고 물어보셨단다. 여동생은 여유로 가지고 있던 마스크 2개를 선물로 드렸더니 굳이 돈을 주셔서 팔았다고 말했다. 엄마의 야무진 솜씨는 어디서나 빛이 난다.

엄마가 마스크를 만드셨다니 큰 딸인 내가 가만히 있을 수가 없다. 난 15개를 주문하고 엄마에게 돈을 보내드렸다. 며칠 후 마스크 20개가 도착했다. 5개는 엄마의 마음이었다. 지인과 외국에 있는 딸에게 몇 개씩 보내고 나머지는 식구들이 자기 맘에 드는 걸 골라 사용하기로 했다. 나는 색상별로 하나씩 다 가졌다. 어디에서도 볼 수 없는 나만의 마스크이고 85세이신 어머니의 솜씨를 언제 또 만날 수 있을까 싶어 간직하고 싶었다.

요즘 엄마가 보내주신 마스크만 쓰고 다닌다. 코로나 바이러스로 강의가 자주 이루어지지는 않지만 주 1회 법무부 소속기관에서는 강의가 진행 중이다. 직원들이 마스크를 보고 예쁘다고 어디서 샀냐고 물어볼 때 나는 자랑스럽게 한복장인 엄마의 솜씨라고 말했다. 직원들에게 하나씩 선물하고 싶지만 수량이 되지 않아 자랑만 하고 주지는 못해 괜히 미안한 생각이 든다.

85세인 엄마는 아직도 현역이시다. 많은 일을 하지 않지만 일을 손에서 놓지 않으신다. 경제적 자립뿐만 아니라 원만한 인간관계로 늘 웃으며 즐겁게 지내신다. 또 노인학교도 다니시며 열심히 공부도 하신다. 행복한 노년의 삶이 본인뿐만 아니라 자식들을 행복하게 한다. 엄마의 삶은 내가 원하는 삶이다. 움직일 수 있을 때까지 평생 현역으로 사는 것, 지인들과 교류로 서로 성장하며 행복한 인간관계를 가지는 것, 평생 배움의 끈을 놓지 않는 것, 나는 늘 이렇게 살고 싶었다. 이 글을 쓰면서 내 삶의 많은 부분은 엄마로부터 보고 배운 것임을 알았다. 그 엄마에 그 딸이다.

엄마를 닮아 감사하고 늘 건강하고 행복하게 사시는 엄마에게 진심으로 감사드린다.

엄마의 한복인생 그리고 사랑의 재봉틀

집안 경제를 책임져야 했던 엄마는 주문받은 한복을 만드시느라 밤을 새우시는 일이 많았다. 나는 그런 엄마 옆에 앉아 책을 읽고 공부를 하고 쫑알거리며 학창시절을 보냈다. 엄마를 누구보다 좋아하고 의지했지만 쪼그리고 앉아 한복 만드시는 모습을 너무 싫어했다. 좀 더 멋있고 당당하고 폼 나게 사는 친구 엄마가 부러웠고 나는 절대 엄마처럼 살지 않겠다고 다짐했다. 아마 지금 나의 모습은 어린 시절에 형성된 엄마와 여성에 대한 가치관에서 비롯된 것일 수도 있다.

한복집 딸은 외출할 때 반드시 옷을 탈탈 털고 입어야 했다. 밖에 나와서 보면 어디 한 곳에는 꼭 실밥이 붙어 있다. 지금은 추억으로 얘기할 수 있지만 사춘기 소녀에게는 너무 싫었던 환경이었다. 결혼과 동시에 그 생활이 끝이 났지만 살아온 환경이 얼마나 중요한지 결혼 후 알았다.

엄마의 바느질 하는 모습을 그렇게 싫어했고, 결혼 전 바늘을 잡은 기억이 없다. 그런데 결혼 후 커튼, 쿠션, 방석 등 생활소품은 사지 않고 지금까지 직접 손바느질로 만들어 사용하고 있고 간단하게 고쳐 입어야 할 옷은 수선도 한다. 어깨너머 본 것이 늘 해왔던 일처럼 자연스러워 나 자신도 놀라고 엄마도 놀라셨다. 다음에 우리 아이들은 공부하는 내 모습을 보고 자랐으니 계속 공부하며 살까? 살짝 기대해본다.

세월이 가고 나는 중년이 되었다. 내가 결혼할 당시 엄마의 모습이 되었고 성격도 행동도 모습도 점점 엄마를 닮아간다. 아이들은 간혹 이런 말을 한다.

"엄마, 가끔 할머니 같아."

아이들뿐만 아니라 나도 깜짝깜짝 놀란다. 더 놀라운 건 그렇게 싫어했던 엄마의 한복 기술을 배우지 않은 것을 후회한다고 엄마에게 말했다. 엄마는 놀라는 표정을 지으셨다. 예전에 자식 중에 누군가는 한복 만드는 것을 배웠으면 하셨는데 모두 싫다고 했다. 말씀은 없으셨지만 섭섭했을 것이다. 그런데 책이나 읽고 공부한답시고 혼자 잘난 척하던 딸이 재봉 일을 배우고 싶다고 하니 많이 놀라셨으리라.

그리고 올해 설날에 잠깐이지만 바느질법을 배웠고 재봉틀을 가지고 싶다는 말을 남기고 집으로 돌아왔다. 엄마는 그 말을 흘려듣지 않으셨고 재봉틀과 필요한 도구들을 함께 보내셨다. 엄마의 사랑과 정성이 넘치는 선물이고 엄마를 추억할 수 있는 가장 큰 선물이다. 엄마의 재봉틀을 틈틈이 연습해서 좋은 일에도 쓸 수 있기를 바란다.

여든 다섯인 엄마는 눈이 침침해서 한복을 만들기 힘드시지만 3년 전 아들이 고등학교 1학년 때 미국에 잠시 가있는 동안 한국을 자랑할 일이 있으면 입으라고 손자를 위해 손수 예쁜 한복을 지어주셨다. 엄마가 만든 마지막 한복이 될 수도 있어 고이고이 보관 중이다.

평생 가족을 위해 헌신하신 엄마에게 진심으로 감사드린다.

엄마의 별명

아버지는 엄마를 곰 같은 사람이라고 하셨다. 여우 같은 마누라와 살아도 곰 같은 마누라와는 못산다고 하셨고, 답답함을 우리 앞에서 대수롭지 않게 말씀하셨다. 깔끔하신 아버지와 두루뭉술한 엄마는 100%로 섞이기 힘든 분들이셨다. 자식인 내가 봐도 비슷한 점은 눈을 씻고 닦고 봐도 없었다. 그러니 멋쟁이 아버지 눈에는 엄마가 미련한 곰일 수밖에 없다. 그런 곰 같은 엄마였기에 결혼생활을 유지할 수 있었다고 생각한다. 원하지 않았던 결혼으로 당신에게 정을 주지 않으셨던 아버지를 엄마는 견디기 힘들었을 것이다. 엄마는 아버지가 돌아가실 때까지 참 무던히도 내색하지 않고 잘 버텨주셨다.

언젠가 엄마에게 여쭈어봤다.

"왜 그런 아버지와 이혼을 안 했어?"

"이혼하고 싶은 마음이 하루에도 수십 번 들었지만, 엄마 없는 애들 만들고 싶지 않았다."

자식을 위해서 희생된 삶, 자기가 없었던 엄마의 삶을 생각하면 눈물이 난다.

엄마의 성격은 아버지에게만 국한되어 있지 않았다. 자식에게도 예외는 아니었고 모든 사람에게 똑같았다. 내가 보는 한 한결같은 분이시다. 엄마는 칭찬에도 크게 호들갑을 떨지 않으신다. 중학교 때 한창 공부에 열을 올려 좋은 성적을 받아도 "잘했다."가 전부셨다. 동네 아주머니들이 집에 오셔서 아들 자랑, 딸 자랑할 때도 듣고만 계셨다. 당신 자식들 얘기는 어떤 이야기도 하지 않으셨고, 오로지 경청만 하셨다. 간혹 중간중간 맞장구를 쳐주시면서 말이다.

"엄마는 그 아줌마 자식보다 더 잘난 우리가 있는데 왜 자랑 한마디 안 해?"

아주머니의 별것 아닌 자랑에 열이 올라 옆에서 종알거리면 어딜 봐도 내 자식만 한 자식 없다고 말씀하시며 더는 말을 못하게 내 입을 막으셨다.

칭찬뿐만 아니라 꾸중을 들은 기억도 거의 없다. 크게 말썽을 피운 자식이 없기도 했지만 화내지 않고, 회초리를 들지 않고 사 남매를 키우셨는지 아이 셋 키운 나는 이해가 되지 않을 때가 있다. 우리 4 남매가 모이면 아이 키우는 이야기를 하다가 한 가지 결론으로 마무리 짓는다.

"우린 너무 착했어."
"니네들도 말 안 들은 적 많다."
"말 안 들었는데 왜 화를 안 냈어."
"그냥 안 냈다."

어떤 비바람에도 흔들림 없는 큰 나무, 엄마는 그런 분이시다. 시험을 못 봐도 공부를 못해도 친구와 놀다 와도 있는 그대로 다 받아주시던 분이 나의 엄마다. 오빠는 서울에서 고등학교를 다녔다. 오빠 없는 오빠생일에 생일상을 차려놓고 정성껏 기도하는 엄마의 모습을 보고 말했다.

"엄마, 그러지 말고 오빠한테 전화해. 서울에 있는 오빠가 생일상 차려놓은 것을 알리도 없는데 전화해서 생일 축하한다고 말해."
"전화하면 오빠 마음만 아프다. 생일 밥도 못 얻어먹을 텐데."

엄마는 늘 이런 식으로 우리에게 사랑을 표현하셨다. 곰 같은 엄마 옆에는 항상 사람들이 벅적거렸고 우리 집 대문은 항상 열려 있었다. 동네에서 사람들이 가장 많이 드나들던 사랑방이 우리 집이었다. 혼자 조용히 있고 싶은 사춘기 때도 조용할 날이 없었다.

"엄마, 집에 사람들 그만 오라고 해."
"그러면 못 써. 오는 사람 안 막고 가는 사람 안 막는다."
"엄마는 싫은 사람 없어?"
"싫고 좋은 사람이 어디 있노. 다 똑같다."

엄마의 성격이 그대로 나타난다. 우리 집은 동네 사람뿐만 아니라 사돈의 팔촌까지 거쳐가는 정거장이었고 오갈 곳 없는 사람들의 거처였다. 친척들은 어디를 가던 우리 집을 거쳐 하루 이틀 지내시다 길을 떠나셨다. 군대를 제대한 친척 오빠들도 마땅한 일자리가 없을 때 우리 집에 머물렀고, 시골에 사는 사촌이 마산으로 유학 오면 우리 집에서 학교에 다니기도 했다. 그뿐만 아니라 아버지께서 취직시켜 주시고 마땅히 있을 곳이 없을 땐 집을 구할 때까지 우리 집에 머물게 하셨다. 그렇게 많은 사람이 오가도 엄마는 불평하지 않으셨다. 모든 일에 순종하시는 엄마를 보다 못해 답답한 내가 신경질적으로 말하기도 했다. 사람들이 올 때마다 방을 비워줘야 했고, 나는 다락방으로 올라가는 신세라 짜증이 날 수밖에 없었다. 오죽하면 당신의 시누이인 고모님께서도 엄마를 미련한 곰이라고 하셨을까?

가타부타 말씀이 없으신 나의 엄마. 얼마나 많은 희생과 순종으로 우리를 키우셨는지 다시 한 번 깨닫는다. 나는 엄마처럼 아이들을 키우지 못했다. 부모교육을 공부하기 전의 나의 모습은 잘했을 때는 아낌없이 칭찬했지만 잘못을 했을 때는 화를 내고 매도 들었다. 한없이 포근한 엄마였다가 무서운 호랑이로 돌변하는 그런 엄마였다. 엄마와는 전혀 다른 방식으로 자식을 키웠다. 이제 성인이 된 아이들을 보면서 엄마처럼 늘 한결같은 표정과 마음으로 아이들을 대하지 못한 것을 후회하며 미안함을 느낀다.

지금도 엄마는 한결같은 마음으로 내 곁에 꿋꿋하게 서 있는 커다란 한 그루 나무이시다. 그늘이고 안식처이고 힘이 되어주신다.

곰 같은 무던함으로 나를 지지해 주시는 분이 나의 엄마라 진심으로 감사하다.

엄마를 찾는다

할머니 세 분이 벤치에 앉아서 나누는 대화를 엿듣게 되었다.

"집에만 있으니까 힘들어."

"그래, 뭐라도 배워야지."

"그래야 움직이지 아무것도 하지 않고 집에만 있으니 산송장이 따로 없어."

"그래, 그냥 죽으면 좋은데 죽지도 못하고 이놈의 목숨은 질기기도 하지."

바삐 지나가는 길이었는데 할머니들의 이야기를 함부로 흘려보내기는 서글펐다. 뭐라도 배우지 않으면 움직일 일이 없어서 죽은 목숨이라는 말에 가슴이 아팠다. 사회와 가족이 더 이상 자신을 필요로 하지 않는다고 생각하신 듯했다. 노인 인구가 많아지면서 정부나 지자체에서 그들을 수용하기 위해 다양한 배움의 길을 열어 두었다. 노인대학, 노인정, 평생학습관 등에서 함께 모여서 놀이와 대화를 할 수 있고, 필요한 것을 배울 수도 있다. 또 식사도 함께하실 수 있다. 그러나 저분들처럼 성격상 가지 못하고 힘들어하시는 분들이 계셔서 안타까운 경우를 종종 본다. 그분들의 배움에 관한 이야기에 공감이 가서 가던 길을 멈추고 여러 기관을 안내해 드리고 싶었다. 여든이 훌쩍 넘기신 듯해 보였는데 배우고자 하는 것에 마음으로 큰 박수를 보냈다.

우리 부모님 세대는 일제강점기, 6.25전쟁, 산업화시대 그야말로 격변하는 한국사회를 온 몸으로 다 겪고 살아오셨다. 그래서 정신은 누구보다 강하고 굳세지만, 나이 앞에는 장사 없다고 마음대로 움직일 수 없음을 산송장이란 말로 표현하셨다. 이제 육체만 겨우 지탱할 힘으로 목숨을 부지하고 있음을 한탄하며 세월을 보내시는 그분들을 바라보는 나도 남의 일 같지가 않다.

격정의 시대를 살아온 나의 어머니도 예외는 아니다. 큰딸이라고 하지만 아이들 키우고 살기에 바빠 엄마를 챙길 여유가 없었다. 가까이 살기라도 하면 자주 찾아뵙고 엄마 옆에 누워 뒹굴고 비비기라도 할 텐데 멀다는 이유로 일 년에 한두 번 정도 친정 나들이를 하고 있다. 엄마를 생각하는 마음뿐 마음이 행동으로 옮겨지지 않는다.

50대인 나도 가끔 아이들에게 서운함을 느낄 때가 있다. 아이들이 나보다 목소리가 커질 때, 아이와 큰 소리내기 싫어 입을 다물어 버릴 때, 내 생각이 아이들보다 고리타분한 고정관념에 잡혀 있다고 느껴질 때 나는 한없이 작고 외로워진다. 어느새 내 생각을 훌쩍 넘기고 자신의 의견을 또박또박 말하는 아이들을 보면 기특하다가도

서운하기도 해 마음이 갈팡질팡 거리며 혼란스러울 때가 있다. 아이들의 생각이 내 생각을 지나칠 때 나는 친정 엄마가 많이 그리워진다. 그럴 때 휴대전화기를 꺼내 들고 엄마를 찾는다.

엄마는 우리가 떠난 텅 빈 그 자리에 화초 키우기와 텃밭 가꾸기로 채우셨다. 집에서 키우는 화초와 1시간이나 차를 타고 가야 하는 거리를 오가면서 텃밭을 가꾸셨다. 여름이면 텃밭에 물을 주고 잡초를 제거하기 위해 매일 그곳을 왔다 갔다 하셨다. 엄마의 온 신경이 그곳에 가 있다. 어느 여름 결혼식이 있어서 서울에 올라오셨을 때 며칠 머물다 가라고 했지만, 밭에 물을 대야 한다고 바로 내려가셨다. 서운하기도 했지만, 엄마가 정을 쏟을 텃밭이 있어서 고맙기도 했다. 엄마가 덜 외롭게 어느 곳, 누구에게라도 마음 줄 곳이 있어서 다행이다. 나는 오늘 휴대전화기를 꺼내 엄마를 찾는다.

"엄마, 뭐해?"

"노인정이다."

"거기서 뭐 하는데?"

"민화투도 치고, 노래도 부르고, 이야기도 하고, 별거 다한다. 바쁘다."

여든이 넘은 엄마는 바빠서 나랑 통화할 시간이 없다. 바느질로 아직도 현역으로 활동하시고 좋은 친구가 옆에 있어 늘 재미나고 즐겁게 사신다. 건강한 엄마가 계셔서 진심으로 감사하다.

밥 한 숟가락에 담긴 핏줄의 연결고리

요즘 둘째 딸은 아르바이트와 연기공연을 준비하느라 제대로 먹고 다니지를 못한다. 잘 먹고 잘 살자고 하는 일인데 끼니까지 제대로 챙겨 먹지 못하고 있는 딸을 보면 안쓰럽다. 딸을 위해 친정 엄마만큼은 아니지만 엄마를 따라 하고 있는 내 모습에 피식 웃음이 난다.

초등학교까지 먹성은 날 따라올 자가 없을 정도로 왕성했다. 어렸을 때는 거의 채식주의자인 나와 엄마는 음식코드가 잘 맞았다. 매일 나물을 즉석에서 조물조물 무쳐내는 그 맛은 어떤 요리사의 맛에도 비길 수가 없었고 지금도 그리운 맛이다. 그 나물에 밥 한 그릇 뚝딱 비우는 것은 식은 죽 먹기다. 엄마가 해주시는 반찬은 다 맛있었고 한 번도 반찬 투정을 한 적이 없었다. 열 손가락 깨물어 안 아픈 자식이 없다지만 세 아이를 키워보니 말 잘 듣고, 밥 잘 먹고 아무 탈 없이 무럭무럭 잘 자라는 자식이 손이 많이 가는 자식보다 편하기는 하다. 그런 의미에서 '생각 없이 자랐던 내가 엄마에게 편한 자식이 아니었을까?' 생각해 본다.

그런 내가 중학교에 입학하면서 사춘기를 겪고 바깥놀이와도 인연을 끊고 얌전하고 정적인 숙녀가 되어갔다. 눈에 띄지 않는 범위 내에서 멋을 부리고 몸매에도 신경을 쓰기 시작했다. 아침이면 학교가 멀다는 이유로 아침을 거르고 도망가기 일쑤였고 그때부터 결혼 전까지 엄마와 밥상 전쟁이 시작됐다.

밥상 전쟁이라 해봐야 엄마가 차려놓은 밥을 무시한 채 내빼는 거였다. 초등학교 때까지 먹보대장이던 내가 중학교 입학하면서 밥을 제대로 먹지 않으니 엄마 생각에는 공부하느라, 학교가 멀어서 밥을 먹지 못하고 가는 걸로 보셨던 것 같다. 그때부터 엄마는 내가 내뺄 기색만 보이면 내 입에 한 숟가락이라도 먹여서 보내려고 숟가락을 들고 준비상태로 서 계셨다. 그 일이 엄마의 의무를 다하시는 듯 그렇게 전투적으로 내 입에 밥을 넣어 주셨다. 엄마의 "한 숟가락만 더"를 차갑게 외면한 채 뛰쳐나가기는 결혼 전까지 이어졌고 그 일은 대를 잇고 있다.

"하늘이 두 쪽이 나도 아침밥은 먹고 가라."
"지각이라고, 지각하면 엄마가 책임질 거야?"
"응, 밥 먹고 지각해. 학교 가는 것보다 밥 먹는 게 더 중요해."

나의 강경한 대응에도 불구하고 내가 했던 똑같은 짓을 아이들이 중학교 올라가면서 하기 시작했다. 난 멋진 엄마니까 절대 엄마처럼 안하리라 다짐했지만 어느새 엄마와 똑같이 밥숟가락을 들고 '한 숟가락만'을 외치고 있는 나를 발견한다.

그 한 숟가락을 외면하고 뛰쳐나가는 딸의 뒤통수에 "괘씸한 것!"이라고 한 마디를 내뱉었다. 기쁜 마음으로 준비한 나의 밥상을 외면한 딸의 모습에서 나를 발견하고, 엄마도 이런 기분이었을 거란 생각이 든다. 한동안 잊고 있었던 나의 '한 숟가락만'이 여유 있는 나의 시간과 바쁜 딸의 시간이 조합되면서 다시 시작됐다. 딸은 이런 내 행동을 귀찮아한다. 나도 딸의 행동에서 다음부터 신경을 쓰지 않겠다고 다짐하지만 안쓰러운 딸을 보면 또 '한 숟가락만'을 외친다. 아이들과 이런 사소한 일로 작은 갈등을 겪을 때 딸과 똑같았던 나의 행동을 떠올리며 엄마에게 미안함을 전한다.

먹고 살자고 하는 일에 밥은 먹고 다니자는 생각은 엄마의 의식이 나에게 그대로 이어졌다. 밥 한 숟가락에서 엄마와 내가, 나와 딸이 이어져 있는 존재라는 것을 새삼 느낀다. 부인할 수 없는 핏줄의 연결고리다.

밥 한 숟가락이라도 더 먹여 보내려고 애쓰신 엄마의 은혜를 알면서도 나는 친정엄마를 잘 챙겨 드리지 못한다. 젊었을 때는 공부한다고 지금은 멀리 있다는 핑계로 엄마에게 소홀했다. 그럼에도 한결같은 지지와 응원을 해 주시는 엄마에게 감사드린다.

가족에게 감사하기

0

세상에서 가장 소중한 딸의 결혼식 연기

2020년 5월 21일은 세상에서 가장 소중한 큰딸의 결혼식 날이다. 상아색 청첩장에 더 옅은 색 리본으로 묶인 로맨틱한 분위기의 청첩장을 오늘 열어보았다. 멀리 호주 브리즈번에서 날아온 청첩장이다. 예쁘게 묶인 리본을 풀면서 코로나 19로 결혼식이 연기되었고, 직장에서도 휴가상태인 딸을 생각하니 울컥해졌다. 말은 하지 않지만 얼마나 속상할까?

청첩장에는 초대의 글이 이렇게 적혀있다.

'서울과 브리즈번, 7720km 떨어진 곳에서 평생 함께하고 싶은 사람을 찾았습니다. 저희 두 사람이 하나 되는 초록빛 싱그러운 오월,

사랑으로 축복해 주시면 더없이 기쁘겠습니다.'

사랑하는 사람과의 결혼을 얼마나 기다렸을 텐데 코로나 시대가 딸을 아프게 한다. 연기된 결혼식에 대해 내가 해줄 수 있는 것은 아무것도 없다. 단지 위로를 보낼 뿐 그 위로가 그 아이에게는 별 도움이 되지 않는 것 같다.

큰 딸은 내가 낳았지만 나를 훨씬 능가하는 사고와 능력을 갖추고 있어서 가끔 같은 여자로서 부러울 때가 있다. 선명한 이미지와 이성적인 사고와 표현하는 능력까지 나의 2세라고는 도저히 믿어지지 않는 능력을 가진 아이다. 그림도 잘 그렸고, 글도 잘 썼고, 리더십까지 있었으니 사람들은 학원을 운영하던 엄마를 닮아서 똑똑하다고 했다.

학원을 운영했다고 내가 똑똑한 사람이라고 착각하는데 나는 절대 그런 사람이 아니다. 나는 어릴 때부터 다른 형제들보다 한 박자가 느렸고, IQ도 가족 중에 가장 낮다. 지금도 친정 식구들이 모이면 어릴 때 둔했던 나의 상태를 놀리곤 한다. 그리고 하는 말이 내 자식들이 나를 닮지 않아서 다행이란다. 내가 생각해도 내 자식들은 나를 닮지 않았다. 지금 생각하니 타인의 일에 관심이 없어서 매사에 둔했던 것이 아니었을까? 철이 든 이후 내 관심은 책밖에 없었다. 그러니 다른 일에 무관심했고 둔할 수밖에 없었다고 변명을 해본다.

그런 똑똑한 딸은 중학교 졸업할 때도 졸업앨범 후기를 작성할 정도로 글을 잘 썼고, 고등학교 졸업식 때도 문학상을 받았다. 졸업신문에 딸의 얼굴과 함께 글이 실리기도 했고 초등학교 1학년 때부터 고3까지 매년 학교 신문에 딸의 글이 실렸다. 딸은 어릴 때부터 그림과 글로 전국대회에 나가면 상을 싹 쓸어오곤 했다. 주위에서는 그런 딸을 부러워했고, 나도 내 딸을 부러워했다. 어떻게 나에게서 저런 자식이 나올 수 있는지 의문을 가지면서 말이다.

　똑똑한 자식은 가끔 부모들이 감당하기 힘들 때가 있다. 이탈리아어를 전공했던 딸은 갑자기 영어공부를 제대로 해야겠다고 호주로 유학을 가겠다고 했다. 호주에서 1년 어학코스를 밟고 미국이나 캐나다에 갈 계획을 세우고 통보를 했다. 엄마가 가지 말라고 하면 가지 않겠단다. 작심하고 나에게 말하는 데 자식 앞길 막을 부모는 아무도 없을 것이다. 딸을 혼자 외국에 내보내는 게 불안하지만 함께 갈 수 있는 상황은 아니다. 3일만 고민할 시간을 달라고 말했고 멋지게 허락을 했다.

　딸은 스스로 힘든 공부를 선택해서 잘 극복했고 미국이 아니라 호주에 정착했다. 공부를 하면서 항공사에 근무하고 싶다는 꿈을 가지게 되었고, 딸은 그 꿈을 이루었다. 딸은 호주생활에 적응을 했고, 그곳에서 사랑하는 사람을 만나 결혼을 약속했다. 그는 우리 가족 모두가 반할 만큼 훌륭한 사윗감이다. 따뜻한 인성과 호감 주는 외모, 부모들이 가장 바라는 안정된 직장 모두를 갖추었다. 사랑하는 두 사람을 보는 것만으로도 가슴이 따뜻해질 만큼 둘의 모습은 아름답다. 딸과 그는 아름다운 결실을 맺기 위해 호주 브리즈번에서 결혼식을 올리기로 했다. 외국에서 혼자 결혼 준비로 무척 힘들었을 텐데 코로나19로 연기되었다. 얼마나 맥 빠지고 속상했을까? 딸은 지금 심적으로 아주 힘들 것이다. 내가 해줄 수 있는 것은 딸을 믿고 응원하고 사랑한다고 말해줄 뿐 다른 방법으로 응원해 줄 능력이 없어서 미안하다.

먼 곳에서 혼자 우뚝 서 자신의 미래를 개척해 가는 딸이 대견하고 이 상황을 잘 이겨내고 있는 것도 감사하다. 딸의 아름다운 인생에 박수와 함께 감사를 전한다.

둘째 딸의 소신

욕실에 있던 딸이 큰 소리로 말했다.

"엄마, 수건 좀 줘."
나는 얼른 대답하고 수건을 건네주었다.

"감사"

아침에 듣는 감사인사에 나의 하루가 상쾌하다. 상대방을 기분 좋게 만드는 감사의 마음을 가진 딸은 자신이 좋아하는 일을 하느라 정신없이 바쁘다.

대학로에서 '올모스트 메인'이란 제목으로 연극공연이 있을 예정이다. 젊은 청년들이 모여 극단을 만들고 기획하고 공연한다. 기존의 극단에 들어가서 선배들이 간 길을 뒤따라가면 좀 편할 텐데 그 길을 마다하고 창단한 그들의 패기와 능력과 열정에 큰 박수를 보낸다. 나는 그 공연을 볼 계획이고 온 힘을 다해 응원해 줄 것이다.

둘째 딸은 그 극단의 단원이다. 아르바이트를 하면서 하루도 쉬지 못하고 공연 준비하는 것을 보면 안쓰럽기도 하고 좀 편하게 살지 저런 고생을 하고 있나 싶기도 하다. 한편으로는 자신이 원하는 일에 열정을 쏟는 딸이 대견하기도 하다.

딸은 어렸을 때부터 예능 쪽에 재능이 있었다. 춤추는 것을 좋아하던 아이는 중학교 들어가면서 지역청소년 수련관에 가입을 하고 본격적으로 춤을 추기 시작하면서 동아리의 리더로 활동했다. 대회가 있을 때는 음악에 맞춰 안무를 하고 연습하느라 밤을 새우기도 해 다음날 코피가 터지거나 실신을 한 적도 있을 정도로 자신이 좋아하는 일에는 몰입했다. 각종 전국대회에서 상을 휩쓸었고, 중학교 때 군부대 위문공연과 국회에서 지역단체 시상식에 초대되어 공연하기도 했다. 또 지역청소년축제에서 중학생이었지만 사회를 보기도 해 예능 쪽으로 소질을 보였다.

딸은 춤과 연기를 겸하면서 고등학교 때까지 청소년 독립영화도 찍고, 학교의 축제에서도 사회를 보기도 했다. 자신이 원하는 대학에 지원했지만 떨어졌다. 다른 걸 공부해보자고 권했지만 연기를 하지 않을 거면 대학을 갈 의미가 없다더니 아르바이트를 하면서 극단에서 공연 준비를 하고 있다. 두 가지 일을 병행하느라 아침에 일어나기 힘들어하면서도 자신이 좋아하는 연기를 하니 재미있는 모양이다.

딸은 자신이 좋아하는 일을 할 때 그 일에는 책임감을 가지는 아이다. 초등학교 5학년 때 성당에서 2박 3일 캠프를 갔는데 하루 지나니 배가 아프다고 연락이 왔다. 배가 계속 아프면 데리러 가겠다고 했더니 함께 춤을 추기로 했기 때문에 참겠다고 했다. 선생님도 아이가 잘 노니 걱정하지 말라고 해서 별 걱정하지 않았다. 집에 온 아이가 배를 잡고 굴렀다. 급히 병원을 갔더니 맹장이 터져서 복막염으로 갈 뻔한 상황인데 애가 이 지경이 되도록 뭘 했느냐며 의사는 묘한 표정으로 한마디를 했다.

월요일 맹장 수술을 했고, 목요일 또 다른 캠프 일정이 잡혀 있었다. 딸은 그곳에서도 친구들과 함께 춤을 춰야하니 퇴원을 하겠다고 했다. 의사 선생님께 말씀드렸다가 제정신인 엄마냐고 혼이 났다. 허락을 받지 못한 엄마를 보더니 자신이 직접 허락을 받아오겠다고 아픈 몸으로 병실을 나섰다. 초등학교 5학년인 딸은 직접 의사 선생님께 퇴원 허락을 받아냈다.

"의사 생활 몇십 년에 저렇게 당돌한 애는 처음입니다. 대단한 아이입니다."

칭찬인지 욕인지 알 수 없는 말에 나는 거듭 죄송하다고 말씀드리고 퇴원을 했다. 딸은 주의 사항을 잘 지키며 신나게 캠프를 다녀왔다. 이처럼 둘째는 의사 표현이 뚜렷하고 독립심이 강하다. 지금도 자기 일은 스스로 결정하고 그 일에 대해서는 열정적이고 책임감을 가진다. 엄마보다 한 수 위인 딸에게 아이가 원하는 만큼 풍족하게 해주지 못해서 미안하지만 늘 아이를 응원하고 그녀가 원하는 삶을 위해 기도한다.

자신의 삶에 책임을 지는 딸이 대견하고 진심으로 감사하다.

추억의 한 페이지

오늘은 참 허전하다. 개구쟁이 막내아들이 없는 집에 네 식구가 있어도 텅 빈 것 같다. 평소에 아들은 끊임없이 나를 찾고, 나는 아들에게 잔소리한다.

"엄마, 떡볶이 사 먹게 1000원만 주세요."
"엄마, 샤워 시켜주세요."
"엄마, 누나가 나 괴롭혀요."

"아들, 바른 자세로 앉아 밥 먹기"
"아들, 학원 시간 늦지 마."
"아들, 이 닦고 자."

일하느라 바빴던 나는 방학이 되면 아이 세 명을 한 달 내내 매주 캠프를 가게 시스템화했다. 보통은 2박 3일 혹은 3박 4일인데 이번 영어캠프는 5박 6일이었다. 캠프 가는 버스가 떠나는 것을 보고 돌아오는 길에 그 아이가 보고 싶어졌다. 잠깐 다녀올 때 느끼지 못하던 감정이 차올랐다. 마트에 들러 장을 볼 때 복숭아를 사려다 내려놓았다. 아들이 가장 좋아하는 과일을 우리끼리 먹기가 미안해서다.

이런 감정은 처음이다. 혼자 있고 싶을 때는 아이들을 두고 미련 없이 떠났고 며칠씩 지내다 왔다. 내가 가고 싶을 때는 다른 사람 감정 따위는 생각하지 않고 떠났다. 나는 그 자리 그대로 있고, 자식이 떠나는 것은 다른 느낌이라는 것을 처음 알았다. 아이들은 자기를 두고 떠난 이기적인 엄마를 어떤 마음으로 지켜봤을까? 그때를 생각하면 아이들에게 많이 미안하다. 이제 아이들이 다 컸고 나는 계속 혼자만의 시간을 가지려 한다.

저녁에 아들에게서 전화가 왔다. 우리 식구는 모두 돌아가면서 아들과 통화를 했다. 남편이 아들과 통화하길 기다리며 하는 말이

"아빠를 제일 사랑하는 데 엄마에게 먼저 전화했지?"

정말 서운해서 한 말일까? 아니면 농담일까?

집을 휘젓고 다니던 아들의 빈자리가 너무 크게 느껴진다. 할 일이 많이 줄었고, 여유가 생겼다. 둘째 딸이 동생이 없으니까 집이 조용해서 좋단다. 딸의 말에 너 캠프 갔을 때는 석윤이가 누나 많이 보고 싶어 했다고 말했더니

"물론 나도 그래. 석윤이 보고 싶지만 조용한 것도 사실이잖아."

둘째의 말이 맞다. 사실은 사실이고 감정은 감정이며 솔직히 나도 편하다. 그러면서 아이들과 떨어지는 연습을 해야겠다는 생각이 들었다. 일주일 떨어져 있을 생각에도 이렇게 보고픈데 아들이 군대에 입대할 때는 어떤 감정이 들까? 결혼하고 내 품을 떠나갈 때는 어떤 마음일까? 천천히 아이들과 이별연습을 해야겠다.

오늘 블로그에 포스팅 된 글을 통해서 아들의 빈자리를 그리워했던 당시를 떠올리며 아들이 얼마나 소중하고 믿음직한 존재인지 새삼 깨닫고 아들의 존재에 감사함을 느낀다. 또한 무심히 적었던 나의 일상이 아직도 소중히 기록되어 있는 네이버 블로그에도 감사하다. 이 모든 것에 감사하다.

속 깊은 아들

비가 억수같이 쏟아진다. 나는 책쓰기 원고를 휴가 중에 마무리하려고 손가락에 오토바이 달고 달리는 중이다. 그때 아들이 전화를 했다.

"엄마 B마트 만원 할인권 있는데 엄마 먹고 싶은 것 있어?"

"넌 어떻게 자꾸 할인권이 생기니?"

"사이트에 들어갔다가 당첨된 거야."

"그럼, 청정원 막창이랑 닭발 주문해 줘. 부족한 돈은 엄마가 줄게."

"아냐, 그 정도는 나도 있어."

가끔 아들은 내가 뭐가 먹고 싶은지 물어보고 주문해준다. 돈을 준다고 해도 할인권이니 돈 필요 없단다. 그 말을 철석같이 믿고 먹고 싶은 것을 말했고, 배달이 왔다. 평소에는 바로 버리던 계산서를 오늘은 김치냉장고 위에 올려두고, 막창을 맛있게 먹었다. 다 먹고 커피 한잔하려고 물을 끓이면서 계산서를 봤다. 15370원에 쿠폰할인 3000원이다. 만원 할인권이라더니 내가 돈을 계산할까 봐 할인권이라 거짓말을 했다.

'아! 아들이 이렇게 엄마를 감동 준다.'

코로나로 혼자 집에 있는 엄마 대충 먹을까 봐 배달시켜주는 재치꾼, 이 속 깊은 아들에게 어떻게 감사의 인사를 전해야 하나?

아들은 지금 재수생이다. 고3인 작년에 어느 대학에도 원서를 넣지 않았다. 보통은 고등학교 3학년 때 들어가고 싶은 대학에 원서를 넣고 떨어지면 재수를 하지만 아이는 그러지 않았다. 수시원서를 쓸 때 몇 곳만 넣자고 말해도 정시로 넣겠다고 소신을 꺾지 않았다. 아들은 학교생활을 재미있어했고 충실히 했다. 학교자치회활동과 방송반활동, 봉사활동까지 참 열심히 했다. 그런데 보험 같은 수시를 넣지 않겠다니 엄마인 나는 답답할 노릇이었지만 아이의 의견을 존중해줬다. 수능시험 대비 열심히 공부하겠다는데 부모는 믿어줘야지 별도리가 없다. 수능시험을 보고 온 아이는 현관문을 열고 나를 보는 순간 눈물을 뚝뚝 흘렸다. 그리고는 미안하다고 말했다.

"뭐가 미안하니? 넌 열심히 했고 그건 미안한 게 아니란다. 그동안 고생했다."

아이를 꼭 안고 어깨를 토닥거려주었다. 아이는 금방 표정이 밝아지면서 시험을 망쳤으니 재수하겠다고 했다. 그래도 점수에 맞게 원서는 넣어 보자고 권했지만 아이는 고개를 저었다.

"아들, 소신 있는 네 생각은 이해하는데 원서 두 곳만 넣자."

나는 아들이 기분 나쁘지 않게 고집이 아니라 소신이란 말을 써가며 부탁했지만 아들은 단칼에 거절했다. 그렇게 아들은 재수생활을 시작했다. 아들은 자기 공부에 대해서 관여하지 말라고 해서 믿고 기다린다. 혼자 공부하느라 힘들 텐데 그 와중에도 엄마 마음을 읽어줘서 고맙다.

늘 상대를 배려하고 존중하는 게 몸에 밴 아들, 사랑하고 감사하다. 몸도 마음도 건강하게 자라줘서 정말 감사하다. 아들이 건강한 사람으로 자랄 수 있었던 것은 주위의 친절과 관심이었다. 아들의 성장에 도움을 주신 모든 분에게 깊이 감사드린다.

나는 엄마다

새벽 글쓰기가 한창 클라이맥스를 달리고 있을 때 아들이 일어나더니 일찍 나가야 한다고 밥을 차려달란다. 글쓰기를 마무리 짓고 일어나고 싶은 마음 간절하나 가족을 위한 한 끼 식사가 더 소중함을 알기에 기꺼이 OK를 외치며 아들의 새벽밥을 준비했다.

카놀라유에 큰 새우와 다진 마늘, 소금과 청양고추를 썰어 넣고 새우가 익을 만큼 볶았다. 밥에 갖은 채소를 넣고 볶아 새우 덮밥을 만들어 주었다. 아들이 고른 메뉴다. 비주얼에 감탄하던 아들은 스마

트폰을 꺼내서 사진을 찍으며 연신 감탄을 한다. 왕새우덮밥을 한 입 먹어 본 아들은 미슐랭도 반할 맛이라며 칭찬을 아끼지 않는다. 요리솜씨가 별로인 엄마인데도 늘 칭찬을 아끼지 않는 아들이 고맙다. 나는 밥을 먹는 아들 옆에 앉아 출판 계약을 했고 10월에 책이 나올 것이라는 얘기를 했다.

"대박, 울 엄마 최고! 나는 부모님이 다 작가네. 우리 엄마, 아빠 정말 대단하다."

아들은 엄마의 책 출간 소식에 자기 일처럼 기쁨을 감추지 못하며 엄마, 아빠가 자랑스럽다고 말했다. 부모를 존경하고 자랑스럽다고 말해줘서 고맙다. 아들의 식사시간 동안 나는 밥을 먹지 않지만 함께 하는 이유는 밥을 먹는 시간이 단순히 밥만 먹는 시간이 아니기 때문이다.

아주 옛날부터 우리의 부모님은 밥상머리교육을 해왔다. 온 가족이 둘러앉아 밥을 먹으며 아이들과 대화를 나누고 아이들의 현재 상황을 파악하고 그 상황에 대해 대화를 나누는 시간이었다. 내가 자랄 때만 해도 가족이 함께 밥을 먹는 것은 일상이었다. 요즘은 우리나라의 교육환경과 경제를 책임지고 있는 가장들이 바빠서 가족이 매일 함께 식사하기가 쉽지 않은 것이 현실이다. 이런 환경과 사회에서 일어나는 아이들의 문제가 결코 별개의 문제가 아님을 알아야한다. 나는 아이들이 밥을 먹을 때 가능하면 함께 옆에 앉아서 이야기한다. 아들의 밥 먹는 모습을 보면서 대화를 나누는 시간이 아들과 나의 관계를 더 친밀하게 유지하는 시간이기도 하다.

캐나다 앨버타대학교 연구팀이 2970명의 성인을 대상으로 그들이 12세에서 32세 동안 부모와 어떤 관계를 유지했는지 설문조사를 했다. 연구결과에 따르면 부모와의 관계가 좋았던 사람은 성인이 된후에도 연인과 친밀한 관계를 유지하며 행복감을 느낄 확률이 높다고 했다. 즉 부모와 건강한 관계를 유지한 자녀는 연인과 긍정적인관계를 형성하는 데 큰 역할을 한다고 연구결과로 증명되었다. 연인과의 관계뿐만 아니라 인간관계 전체에 해당될 것으로 생각한다. 나는 아이의 성적보다 친밀한 관계를 선택했고 그 관계를 잘 유지하기위해서 노력하고 있다.

나는 서울시 가족학교, 법원보호자 교육, 교육청 Wee센터 학교폭력 가해자 보호자교육 등 여러 곳에서 부모교육을 진행하고 있다. 행복한 부모·자녀 관계도 많지만 안타까운 상황을 접할 때도 있다.

"중학교 2학년 아이가 학교 다녀오면 자기 방에 들어가서 나오지 않는다. 물론 가족과 함께 밥도 먹지 않는다. 이런 시간이 꽤 오랫동안 지속되었다."

엄마는 갑자기 아이가 왜 이러는지 이유를 모르겠다고 말하면서 울먹이다가 결국 울음을 터트렸다. 사춘기 자녀를 둔 부모를 대상으로 이루어진 강의였고, 그날 그곳은 울음바다가 되었다. 다른 어머니들도 사춘기 자녀와의 갈등을 겪고 있어서 공감을 하며 자신들의 마음을 토해냈던 시간이었다.

어머니는 딸이 갑자기 그런다고 말했는데 엄마의 생각일 뿐이다. 갑자기 이런 일이 일어나는 경우는 거의 없다. 그동안 힘이 없는 아이는 부모의 일방적인 권력에 많이 참았을 것이다. 이제는 엄마보다 힘이 세졌고 키도 커졌다. 엄마의 권력에 휘둘리고 싶지 않은 아이는 자신의 방식으로 부모의 권력을 거부한다. 그 상태에서 부모가 더 강하게 밀어붙인다면 상상하기 힘든 상황이 일어날 수도 있다. 부모는 아이를 사랑한다고 하지만 그 사랑의 표현이 잘못된 경우가 있다. 자녀가 원하는 사랑이 아니라 부모 자신이 원하는 틀 속에 아이를 끼워 맞추는 것이 사랑이라고 착각한다. 그것은 강요이고 집착이고 욕망이다. 아이들이 사춘기를 혹독하게 보내는 것은 부모들이 아이를 여유 없는 공간으로 몰아넣기 때문인 경우가 많다. 물론 예외는 있다.

나는 큰 아이를 내 틀 속에 맞추어 키웠고 부모교육에 관한 공부를 하면서 큰 아이에게 했던 죄스러움을 씻을 길이 없어 혼자 많이 울었다. 딸에게 사과했지만 책을 쓰면서도 미안한 감정이 올라와 울컥한 적이 있다. 나 역시 다른 부모들과 마찬가지로 그런 과정을 겪고 지금 부모교육 강의를 하고 있다. 이 강의를 진행하면서 부모님의 가슴 아픈 사연을 듣고 나는 더 많은 것을 내려놓았다. 사춘기 아이를 둔 부모가 자녀와의 갈등을 겪을 때, 대화단절로 겪는 고통은 눈물 없이 듣기 힘들다. 다시는 큰 아이 때의 잘못을 반복하지 않으리라 다짐했고 동생들은 그들이 원하는 것을 원하는 방식으로 해주었더니 지금까지 별 무리 없이 잘 지내고 있다. 부모의 욕심을 내려놓고 아이의 마음을 알아차리고 소통하면 아이와 행복하게 지낼 수 있다.

약간의 굴곡을 겪으면서도 잘 성장한 세 아이를 통해 나 또한 성숙한 엄마가 되어가고 있다. 별 탈 없이 잘 자라준 아이들이 고맙고 이 아이들의 엄마라서 정말 감사하다.

귀한 인연에게 감사하기

0

함께 있으면 행복해요

좋은 사람을 만나 함께 대화하고, 웃고, 떠들고, 맛난 것을 먹는 행위는 세상 어떤 것과도 바꿀 수 없는 소중한 순간이다. 나는 그 순간을 즐기러 청량리역에서 KTX를 타고 원주로 갔다. 시원한 새벽바람을 온몸으로 느끼며 만종역에 도착했다. 몇 년 전까지 단 한 번도 와 본 적이 없는 이 역이 이제 행복의 종착역이 되었다. 새벽인데도 마중을 나오시겠다는 양교수님의 배려를 정중히 거절하고 버스와 택시를 타고 시골의 정서를 온전히 느끼면서 원주시 부론면 정산리 교수님댁에 도착했다.

숲으로 둘러싸인 작은 집은 남한강을 바라보고 있다. 택시에서 내리자 환상적인 배경을 가진 이 집에서 추억의 가곡이 흘러나왔다.

자연과 완벽한 조화를 이룬 노래를 들으면서 나는 김교수님을 큰 소리로 부르며 달려갔다. 마당에서 꽃을 감상하시던 사모님과 진한 포옹으로 인사를 나누었다. 김교수님을 통해서 만난 사람 좋은 사모님과는 이제 교수님보다 더 친한 친구 사이가 되었다. 교수님께서는 이웃의 모닝커피 초대로 잠시 자리를 비우셨다.

경기도민이신 교수님 부부는 내년에 집을 짓기 위해 2년 전에 이곳에 터를 장만하셨다. 집짓기 전 먼저 작고 예쁜 컨테이너에서 주말을 지내시면서 마당을 가꾸셨다. 나는 이곳의 아름다움에 완전히 취했다. 꽃밭에 취했고, 남한강에 취했고, 사방팔방 어느 곳으로 눈을 돌려도 나를 유혹하는 진초록의 아름다움에 취해서 감탄사를 속사포로 쏟아냈다. 꽃밭에는 백일홍, 봉숭아꽃, 분꽃, 채송화, 맨드라미, 때 이른 코스모스까지 피어 자신의 아름다움을 뽐내고 있다. 마당아래 텃밭에는 옥수수가 영글어 가고 있다. 지난번에 왔을 때는 작은 컨테이너만 덩그러니 놓여 있었는데 그동안 두 분의 수고로움이 고스란히 전해진다.

사모님과 마당 한 바퀴를 돌고 남한강을 바라보며 서로의 안부를 나누다가 더 편한 자세를 위해 컨테이너 안으로 들어가 에어컨을 틀어놓고 누웠다. 우린 이 자세로 서로 바라보며 수다를 멈추지 않았다. 한참을 누워서 뒹굴며 이야기를 나누는 사이에 오늘 모임 구성원이 모두 모였다. 마실 가셨던 교수님 돌아오셨고 원주치악산 자락에 살고 계신 양교수님과 따님이 도착했다.

내가 만종역을 그리워하고 원주를 좋아하는 이유가 늘 아낌없이 나를 지지해주고 응원해 주시는 분들이 계시기 때문이다. 이러다가 언젠가는 나도 원주에 세컨하우스를 지을지도 모른다. 김교수님은 언제든지 내 집처럼 세컨하우스를 이용하라고 말씀하시고 키도 이미 내 손에 있는 거나 마찬가지다. 아름다운 풍광을 가진 이 집이 나의 쉼의 공간이 될 수도 있다.

모두 모였으니 이제 맛난 음식으로 입을 즐겁게 할 시간이다. 점심은 간단하게 저녁은 풍성하게 먹기로 했다. 떡볶이와 양교수님이 준비하신 수육을 안주 삼아 치악산 막걸리 한 잔으로 서로의 인생과 세상사와 학문을 나누었다. 세 분은 모두 긍정적이고 공감능력이 뛰어난 분이라 내 진심을 풀어놓고 얘기할 수 있어 이야기를 나누다 보면 마음이 편안해진다. 식사 후 마당에서 남한강을 바라보며 음악을 듣고 차를 마시며 2라운드 대화가 펼쳐졌다.

대화와 휴식과 다시 대화를 이어가다 붉게 물든 저녁노을을 바라보며 저녁 만찬이 시작되었다. 교수님께서 고기를 굽기 위해 불을 지피셨고, 우리는 상을 차렸다. 빨갛게 피어오른 불은 나의 혼을 뺄 정도 아름다웠다. 그 위에 솥뚜껑을 올려 솥뚜껑 벌집 삼겹살을 구워먹었다. 텃밭에서 키운 부추와 상추, 깻잎과 명이나물, 묵은지와 백김치를 안주로 숯불에 구워낸 삼겹살구이는 어떤 맛과도 비교할 수 없을 만큼 맛있었다.

우리는 침묵한 체 고요히 흐르는 남한강에 고개 숙였고, 지는 노을의 아름다움에 아낌없는 찬사를 보냈다. 우리의 생기발랄한 삶의 이야기에 귀 기울였고 풍족하게 일용된 한 끼 식사에 환호했다. 이 멋지고 매력적인 풍광과 황홀한 우리의 이야기를 나의 글솜씨로 다 표현할 수 없음이 안타까울 뿐이다.

김교수님, 사모님, 양교수님과 따님 오늘 함께 할 수 있어서 깊은 감사의 인사를 전한다. 오늘 함께한 시간은 소중한 추억으로 저장될 것이고 에너지의 원천이 될 것이다. 맑고 진솔한 분들과 함께할 수 있어 행복하고 감사하다.

소중한 인연 조교수님을 추억하며

대학원 동기 김선생을 만났다. 같은 지역에 살고 있지만 서로 바쁘기도 하고, 코로나 19로 한 동안 보지 못하다 오랜만에 만났다. 그녀는 150여명의 원생을 둔 큰 어린이집을 운영하는 원장이다.

둘이 만나면 자주 가던 중랑구 신내동의 한 식당에서 저녁 6시부터 만나 3차까지 갔다. 3차라고 하지만 앉아서 얘기를 나눌 곳을 찾아 자리를 옮긴 것뿐이다.

　오랜만에 콩나물삼겹살을 먹고 자리를 옮겨 예쁜 루프탑이 있는 카페에 가서 수다를 대방출했다. 우리의 이야기는 끝이 나지 않았는데 10시쯤 카페 문을 닫는다고 해서 어쩔 수 없이 호프집으로 자리를 옮겨 3차가 시작되었다. 대학원시절 얘기에서부터 지금 살아가는 이야기, 가족이야기 등 오랜만에 참 많은 대화를 나누었다.

　대학원 이야기가 나오자 우리는 조교수님과의 추억에 빠졌다. 나는 석사와 박사과정을 하면서 운 좋게도 훌륭한 두 분 스승님을 만나 인연을 이어가고 있다. 석사과정의 조교수님은 연세가 많으셔서 2년 반 석사과정 중에 지도교수님이 바뀌는 우여곡절이 있었지만 우리는 교수님을 잊지 못하고 훌륭한 스승으로 기억하고 그분의 영원한 팬이기를 자청한다.

　교수님의 첫 수업을 잊을 수가 없다. 연세가 많으셔서 거동이 좀 불편하셨지만 강의하시는 모습, 강의 내용에 나는 단박에 조교수님의 매력에 빠졌다. PPT 없이 머릿속에서 나오는 생각만으로 막힘없이 지식을 전하셨다. 2학기 동안 그분의 수업에 빠져 즐겁게 학교에 다녔다. 그리고 교수님의 머릿속이 궁금해졌다.

'무엇이 들어 있을까?'
'교수님의 뇌에 저장된 지식을 나에게로 옮기고 싶다.'

어이없는 생각까지 하게 되고 교수님처럼 지식으로 나를 채우고 싶은 욕구가 넘쳤다. 지금까지 누군가의 지식을 훔치고 싶다고 생각해 본 적은 없었다. 자신의 전공분야에 조교수님처럼 방대한 지식을 갖고 있고, 가지고 있는 것에 그치지 않고 매력적으로 전달까지 하시는 분은 흔치 않고 앞으로도 보기 힘들 것으로 생각한다.

조교수님을 스승으로 존경하는 진짜 이유는 따로 있다.
교수님께서 남기신 명언 2가지는 내 삶에 많은 변화를 주고 있다.
첫째는

"기쁘고, 즐겁고, 신나게 살아라."

얼마나 단순하고 명쾌한 말인가? 이 말을 내 삶에 적용하고 그렇게 살려고 노력하고 강의 중에도 많이 인용하기도 한다. 김선생은 자신의 카톡 대문사진에 이 세 마디를 적어두고 실천하려고 노력한다고 했다. 교수님께서는 많은 제자에게 삶의 방향을 가르쳐주셨다.
다른 한 가지는 사람을 대하는 자세에 관한 것이다. 석사과정 전공 특성상 학교교사, 어린이집과 유치원 원장, 강사가 주 구성원이라 가르치는 사람의 입장에서 말씀하셨다.

"아이들이 지각한다고 혼내거나 벌주지 마라. 반드시 이유를 물어봐라. 그것이 교사의 역할이다."

이 말에 뒤통수를 한 대 맞는 느낌이었다. 대학원에 입학하기 전 학원을 운영했었고 수많은 아이에게 한 마디씩 했던 것이 선명하게 떠올랐다. 또 내 아이들이 어렸을 때 학교에서 늦게 오거나 학원을 마친 후 바로 집에 오지 않거나 하면 내가 했던 행동들이 기억나 쥐구멍에라도 숨고 싶었다.

나는 저 한 마디가 석사과정 5학기 등록금 값을 다했다고 말하고 다닌다. 그만큼 내 삶에서 사람을 대하는 자세를 변화시켰기 때문이다. 만약 어떤 사람이 예상 밖의 엉뚱한 행동을 했다고 하면,

"쟤, 왜 저래, 미친 거 아냐!"라고 했던 것을
"무슨 일이 있었겠지? 괜찮을까?"

이렇게 상대방을 대하는 견해가 바뀌었다. 교수님의 한 마디가 많은 제자의 삶을 바꾸었으리라 생각하고 그런 스승님을 만난 나는 참 행운아다. 김선생과 진심을 나눈 대화는 교수님과의 추억을 소환해 주었고 인연의 소중함을 느낀 시간이었다. 코로나 19의 힘든 시간이 지나면 대학원 동기들과 함께 조교수님을 찾아뵈어야겠다.

훌륭한 교수님과의 귀한 인연에 감사하고 그분과의 소중한 추억을 나눌 수 있는 김선생에게도 감사를 전한다.

스승님을 뵙고

교수님을 뵙기 위해 광명시에 갔다. 교수님께는 늘 은혜만 입었기에 스승의 날을 맞이해서 와인 한 병과 식사 대접을 해 드리기 위해서다. 사모님께도 미리 연락해서 함께 뵙기를 청했다. 반갑게 맞이해주시는 교수님과 사모님, 여전히 긍정적이고 밝은 모습이시다. 박사과정을 지도해 주신 교수님이시고, 사모님께서는 노인재가센터를 크게 운영하고 계셔서 논문을 쓸 때 도움을 많이 주신 분이시다. 나는 복이 많아서 대학원 시절 좋은 지도교수님 덕분에 신나고 재미나게 학교에 다녔고 귀한 인연으로 만남을 이어가고 있다.

선배들 말에 의하면 논문을 쓸 때 돈을 요구하는 교수가 많다고 한다. 같은 동료 강사 중에는 박사과정을 시작할 때부터 3000만원은 준비하라고 한 강사도 있었다. 일부 몰지각한 교수들이 그럴 거라 생각하지만 박사학위 논문을 쓴 선배의 그 말을 듣고 '교수님께서도 혹시 그런 것을 바라실까?' 논문을 쓰려고 할 때부터 마음 한편에는 걱정이 앞섰다. 그러나 교수님께서는 논문 쓰기 시작하면서부터 딱 잘라서 말씀하셨다.

"논문 쓸 때 돈을 요구하는 교수들도 있다고 하는 데 나는 그런 것 없으니까 마음 편하게 논문만 잘 쓰면 된다."

나는 정말 그 말만 믿고 논문만 썼고 논문을 쓰는 동안 돈과 관련된 어떤 것도 없었다. 심지어는 밥을 한 끼 먹을 때도 내가 한 끼를 사면 다음에 교수님께서 꼭 한 끼를 사셨다. 제자들이 사주는 것도 불편해하셨다. 논문 통과 후 감사의 마음을 전하기 위해 식사자리를 마련했고 이제 논문은 통과했으니 뇌물이 아니라 감사의 의미로 약간의 돈을 넣은 봉투를 드렸다. 교수님께서는 그 자리에서 봉투를 돌려주셨고 나는 민망해서 쥐구멍에라도 숨고 싶은 심정으로 얼른 봉투를 가방에 챙겨 넣었다. 이렇게 청렴한 분을 교수님으로 모셨다. 이 말을 다른 박사학위를 받은 지인들에게 얘기하면 정말 훌륭하신 분이라고 입을 모아서 얘기한다. 교수님뿐만 아니라 사모님께도 큰 은혜를 입었다.

논문 설문지 받기가 하늘의 별따기 보다 어려운 요즘 사모님 덕분에 쉽게 받을 수 있었다. 논문 설문지로 고민하고 있으니 사모님께서는 본인의 모든 인맥을 동원해서 도와주셨다. 다른 곳에서는 센터 원장님들께 점심도 사드리고 작은 선물도 하면서 설문지를 받았다.

사모님께서는 본인 센터에는 어떤 선물도 하지 말라고 하시면서 점심까지 사주셨다. 보통의 경우로 상상이 안 되는 상황이다. 내가 점심을 사겠다고 해도 사모님께서 꼭 사주고 싶다고 하셨다.

"설문지 받느라고 고생 많아요. 이제 힘든 공부 막바지니 힘내라고 사주는 거예요."

사모님께서는 본인의 센터뿐만 아니라 다른 센터까지 소개해 주시느라고 너무 고생하셨는데 밥까지 사주신다니 말로 표현할 수 없을 만큼 감동을 받았다. 그동안 논문을 쓰면서 힘들었던 과정, 설문지를 받으러 여기저기 다니며 어려웠던 순간이 기억나 울컥해졌고 얼마나 고마운지 이 은혜는 절대 잊지 않고 앞으로 평생 두 분과 함께 가겠다고 다짐했다.

스승의 날 두 분께 식사 대접하는 게 내가 표현할 수 있는 사랑이다. 광명 아리랑 숯불갈비에서 두 분을 뵙고 연잎밥 정식을 주문했다. 연잎밥과 숯불갈비와 깔끔한 반찬, 그리고 막걸리 한잔 하면서 살아가는 얘기를 나누었다. 좋은 분들과 함께하는 식사는 행복이다. 맛난 밥을 먹고 계산하려니 사모님께서 내 팔을 잡고 교수님께서 계산을 하셨다. 코로나 때문에 강의도 못하는 데 예쁜 마음만 받으시고 위로 차 당신이 쏘신다고 하셨다.

나는 늘 신세만 지는 제자다. 이 은혜를 어찌 다 갚을까? 내년 스승의 날에는 제자 노릇 제대로 할 수 있기를 바라며 늘 따뜻한 위로를 주시는 교수님과 사모님께 진심으로 감사드린다.

옆집 옥상텃밭 이야기와 고마운 이웃

우리 집은 산자락 아래에 있다. 그래서 동네 몇 분이 산자락 아래 빈 공터에서 텃밭을 가꾸신다. 현관문을 나서서 세 걸음만 걸어가면 상추와 도라지 등이 자라고 있다. 특히 옆집은 산자락과 평수가 꽤 넓은 옥상 전체를 텃밭으로 만들어 농사를 짓는다.

노부부는 텃밭농사에 모든 정성을 쏟는다. 겨울이 지나 따뜻한 봄 기운을 느낄 때쯤, 아침에 일어나 창밖을 보면 어김없이 산이나 옥상에서 일하고 계신다. 부지런함은 둘째가라면 서러울 정도로 일만하신다. 초봄에는 산에서 농사를 짓기도 하고 산나물을 캐신다. 쑥, 달래, 냉이를 캐고 두릅과 가시오가피 순을 수확하신다. 가끔 불러서 귀한 산나물을 주셔서 맛나게 먹기도 한다. 연한 가시오가피 순은 살짝 데쳐 나물을 무쳐먹었고, 두릅은 데쳐 초장에 찍어 먹기도 했고 두릅전을 만들어 먹기도 했다.

　요즘은 주로 옥상에 계신다. 그곳은 채소가게나 마찬가지다. 고추, 호박, 오이, 가지, 쪽파, 대파, 포도, 토마토 등 많은 채소와 과일이 자라고 있다. 노부부는 옥상에서 텃밭을 가꾸시다 창문 여는 소리를 듣고 말씀하신다.

　"호박 가져가서 전 부쳐 먹어!"

　나는 거절하지 않고 눈 비비며 옆집 옥상으로 올라간다. 호박 두개, 오이 한 개 감사한 마음 전하고 내려오니 그 사이 이웃 할머니께서 집 앞에서 상추를 따시다 가져가라며 건네주신다. 혼자 사시는 할머니는 재미와 소일삼아 상추를 키우신다. 올해 벌써 몇 번이나 얻어먹었다.

　아침에 일어나 30분 사이에 호박과 오이와 상추를 수확했다. 무슨 복이 이렇게 많은지 감사할 뿐이다. 텃밭을 가꾸시는 분의 특징을 보면 자신들이 먹기 위함보다 키우는 재미로 텃밭에 몰입하시고 힘들게 키운 것을 나눔 하신다. 주실 때는 늘 행복한 미소를 가득 짓는 그분들 덕분에 나는 즐겁다.

　텃밭은 주위 분들이 키우시고 수확은 내가 했다. 이웃의 여유로움과 주위의 평화로움에 참 행복하다. 어느 한 곳이 부족해지면 다른 한 곳에서 부족함이 채워진다. 좋은 이웃이 있어서 행복하고 감사하다.

세상에 이런 일이! 잊고 있었던 100만원이 입금되다

오늘 번호를 알 수 없는 전화를 한 통 받았다.

"언니! 나예요!"
"누구세요?"
"준영이 엄마예요."

아들과 같은 학교에 다녔던 준영이 엄마였고 세련되고 멋진 엄마라고 기억하는 민주씨였다. 늘 고급스러운 이미지로 사람들의 중심에 있었고 그녀의 아들 또한 세련된 외모로 학교에서 인기를 끌었다.

학교 앞에서 학원을 운영할 때 수강생이던 준영이는 공부도 잘했고 부모들이 흔히 말하는 엄친아였다. 학원을 운영하다 보면 경제적인 어려움으로 원비를 내지 못하는 경우가 종종 생긴다. 학원을 운영하는 입장에서 애가 타지만 공부를 하겠다고 하는 학생을 나오지 말라고 할 수가 없다. 그 때 원비를 내지 않고 오랫동안 다닌 친구가 몇 명 있었다. 상습적으로 학원을 옮겨 다니면서 학원비가 몇 달 밀리면 또 다른 학원으로 옮기는 학생도 있었고, 갑자기 가정상황이 좋지 못하여 그만둔 사례도 있다. 준영이도 경제적으로 힘들었는지 원비를 내지 않고 학원을 그만두었다.

그러다 10년이 더 지나서 대학생이 되어 있는 지금, 느닷없이 전화 한 통이 와서 그때 고마웠다고 말하며 돈을 보내겠단다. 내지 않은 원비가 얼마인지도 모르는데 돈을 보낸다는 말에 고맙다는 말을 몇 번이나 했다. 그 돈을 주지 않아도 특별히 그녀에 대한 나쁜 감정을 가지지 않았다. 강산이 한 번 변하고도 더 지난 시간을 보내고 갚겠다는 연락을 한 것을 보면 그 당시 그녀가 경제적으로 얼마나 힘들었을지 상상이 갔다. 그동안 내지 못한 원비로 인해 마음고생을 했을 그녀를 생각하니 가슴이 아프다. 본의 아니게 민주씨의 마음을 아프게 해서 미안하다. 한편으로는 그녀가 이제 살기가 괜찮아졌다는 신호라 생각되기도 해서 다행이란 생각도 들고 내가 헛살지는 않았다는 생각도 든다. 돈 100만원이 참 많은 생각을 하게 한다.

계좌번호를 가르쳐 주었더니 바로 입금했다는 문자가 왔다. 100만원이 입금되었다. 세상에 지금 강의를 거의 못하는 상태에서 100

만원이면 큰돈이다. 정말 고맙다. 민주씨의 마음이 고마워 그녀와 그녀의 아들을 위해 앞으로 좋은 일만 가득하길 바란다는 화살기도가 그냥 나왔다.

학원을 운영하다 보면 어쩔 수 없는 상황에 내몰려 원비를 못내는 경우도 있지만 그 반대의 경우도 있다. 어떤 학부모는 몇 달을 원비와 책값을 내지 않고 학원을 그만두는 경우도 있다. 원비를 달라고 하면 줬다고 바락바락 우긴다. 이런 사람과는 대화불가다. 알았다고 끝내야 한다. 왜냐하면 이런 사람의 특징은 대부분 학원에 대한 거짓정보를 소문내고 다녀 학원에 큰 타격을 입힌다. 이렇게 원비를 내지 않고 그만둔 아이의 할머니를 우연히 만난 적이 있다. 어떻게 지내시는지 여쭤봤더니 아들이 하던 일이 안돼서 아파트를 팔고 작은집을 전세 얻어 산다고 했다. 그 얘기를 듣는 순간 그 학부모의 돈 관계는 비단 나에게만 국한된 것은 아닐 것이라 생각되었다. 그 어르신을 생각하면 안됐지만 뿌린 대로 거둔 결과가 아닐까 싶어 씁쓸한 마음이 든 적도 있었다.

오늘 100만원 입금은 로또가 당첨된 기분이다. 나에 대한 고마움을 표현하는 그녀의 맘이 예뻐서, 그 돈을 갚으려고 수고했을 그녀가 감사해서 감사의 인사가 절로 나오고 감사기도가 절로 된다. 민주씨가 앞으로 꽃길만 걷길 기도한다. 정말 감사하다.

해군부사관의 가슴 따뜻한 이야기 프렌디

"여러분은 꿈이 있나요?"

진로강의 때 친구들에게 질문을 던졌다. 3명의 친구가 꿈이 있다고 손을 들었고 그 꿈은 작곡가, 직업군인, 한 친구는 불법이라 말하고 싶지 않다고 했다. 불법적인 꿈을 가진 친구에게는 합법적인 직업에 관해서 이야기를 해주고 선한 영향력을 끼칠 수 있는 사람이 되기를 바란다고 부탁했다.

직업군인이 되고 싶은 친구가 있어서 도움이 될 만한 '해군부사관의 가슴 따뜻한 이야기 프렌디'라는 책을 친구에게 소개해주었더니 매우 궁금해 했고 다른 친구들도 관심 있는지 강의에 집중하는 모습을 보였다.

이 책의 저자 최천우님은 아름다운 군대를 만들기 위해 열심히 노력하시는 분임을 블로그를 통해 알게 되었고 지금까지 귀한 연을 이어가고 있다. 프렌디는 군대에 입대해서 자신의 어려운 환경을 기회로 바꾸어 살아가는 해군부사관의 따뜻한 이야기를 다룬 내용이다. 대한민국의 현직군인에 의한 군인을 위한 군인들의 이야기를 다룬 유일한 책이 아닐까 생각한다. 그래서 군인이 되고 싶은 청소년에게 매력적으로 다가갈 수밖에 없는 내용이라 적극 추천하는 책이다.

저자의 말을 빌려 프렌디를 세 문장으로 정리하면

첫째, 군대는 어려운 환경을 기회로 바꾸어 성장할 수 있는 곳

둘째, 군대는 사회생활을 예비경험하고 인간관계의 성장을 배울 수 있는 곳

셋째, 군대는 가장 힘든 순간이 인생에서 가장 소중한 자산임을 알 수 있는 곳

끌리는 내용이고 유혹하는 문장이다. 위기를 기회로 삼고 누구도 피해갈 수 없는 상황이라면 군대도 삶의 원동력을 가질 수 있는 곳으로 만들어 버리겠다는 말 아닌가? 책 속에 녹아있는 부사관의 이야기가 직업군인을 꿈꾸는 친구에게 큰 도움을 줄 것으로 생각하며 친구 또한 저자같이 멋지고 따뜻한 군인이 되기를 기대한다. 이 친구뿐만 아니라 군인이 되고 싶은 많은 친구들의 진로를 결정하는 데 영향을 미칠 것으로 생각한다. 또한, 군부대 인성 강의를 많이 다닌 사람으로서 간부님들이 이 책을 읽고 함께 토론하고 고민해 보면 도움병사뿐만 아니라 군인들의 인성문제를 어떻게 풀어갈 수 있을지 방향 제시와 해결점을 찾을 수 있을 것 같기도 하다.

최천우 저자가 꿈꾸는 친구 같은 아빠 프렌디의 따뜻한 군부대 이야기가 직업군인과 병영생활에 어려움을 겪는 친구들에게도 함께할 수 있는 동반자가 되길 바란다.

나는 나와 같은 방향을 바라보고 사는 사람, 자신의 작은 능력으로 누군가에게 씨앗을 심고 싹을 틔울 수 있게 도움을 주며 신나게 살아가는 사람을 만나면 덩달아 신이 난다. 해군부사관의 가슴 따뜻한 프렌디의 최천우 작가가 그런 분이다. 좋은 이웃을 둔 나는 행복해서 웃고 웃으니 행복해진다. 이 모든 것이 감사하다.

Thank you

사람과 물건에 감사하기

사흘만 눈을 뜰 수 있다면

만약 내가 사흘간 볼 수 있다면

첫 날에는 사랑으로 나를 가르친 설리번 선생님을 찾아가
그 분의 얼굴을 오랫동안 바라보겠습니다.
오후에는 산과 들로 나가 아름다운 꽃과
풀과 아름다운 노을을 보고 싶습니다.

둘째 날에는 새벽에 일찍 일어나
먼동이 터오는 기적을 보고 싶습니다.
저녁에는 영롱하게 빛나는
밤하늘의 빛나는 별을 보겠습니다.

셋째 날엔 아침 일찍 큰길로 나가
많은 사람들이 오가는
활기찬 일상을 보고 싶습니다.
점심때는 아름다운 영화를 보고
저녁에는 화려한 도시의 네온사인과
쇼윈도우의 물건들을 구경하고
저녁에 집에 돌아와서 사흘간
눈을 뜨게 해주신 하나님께 감사의 기도를
드리고 싶습니다.

– 헬렌켈러의 사흘만 볼 수 있다면 –

Part
04

제 4 장

사람과 물건에
감사하기

0

재미와 감동을 주는 사람들에게 감사하기

O

감동의 "제 1회 중랑구 방구석 장기자랑"

이제 완벽한 중랑구민이 다 되었다. 힘들게 이사 온 후 적응할까 싶었는데 어느새 중랑사랑에 푹 빠져 산다. 이곳은 살기가 참 편하다. 집에서 차를 한 번만 타면 서울 시내 어디든 못 갈 곳이 없다. 청량리청과물시장, 동대문시장, 종로, 광화문, 신촌, 서대문까지 내가 자주 다니는 곳은 270번 버스 한 번이면 모두 통한다. 지하철도 경의중앙선역이 집 가까이 있고, 조금만 더 가면 지하철 7호선과 1호선, 6호선까지 탈 수 있다.

또 물가는 얼마나 저렴한지 놀라울 정도다. 만원이면 채소가게에서 꽤 많은 것을 살 수 있다. 처음 이사 와서 옛 동네 지인들에게 저렴한 물가에 관해 이야기했더니 그들 모두 중랑구 우리 동네에서 채소와 과일을 대량 구매해 가기도 했다.

살기 편한 중랑구도 코로나 19를 피해 갈 수는 없었다. 힘든 상황을 위로하기 위해 중랑구청에서 "제1회 중랑구 방구석 장기자랑"을 기획했다. 어떤 분의 아이디어로 기획됐는지 히트작품이다. 우연히 보게 된 영상에서 구민의 애환이 담겨 있어서 눈물이 나왔다. 다양한 연령층이 참가한 방구석 장기자랑은 어린이집 귀여운 친구부터 연세 많으신 어르신까지 다양한 연령층이 참석하여 재미를 더했다. 모두 열심히 했고 잘했지만 특히 기억에 남는 몇 작품이 있어서 소개한다.

면사랑 친구들의 "희망의 종을 함께 울려요"는 어르신들의 핸드벨 연주였다. 이 연주를 듣는데 울컥해지더니 우수상을 받은 "아빠 힘내세요"를 여러 악기 버전으로 연주할 때는 눈물이 나왔다. 힘든 시기에 가정을 책임지고 있는 이 시대 모든 분의 고단함이 떠올라서다. 그리고 또 한 분, 태성님이 부른 진또배기를 들으니 자영업 하시는 분들이 너무 힘드실 것 같아서 눈물이 시냇물처럼 줄줄 흘렀다. 그분은 평범한 일상으로 돌아가길 간절히 바라시는 분인데 텅 빈 가게 안을 보니 가슴이 아팠다. 그럼에도 자영업자의 희망을 위해 활짝 웃으며 신나게 진또배기를 불렀다. 분위기를 띄우기 위해서 중랑구민 파이팅! 자영업자 파이팅을 외치는데 왜 나는 눈물이 나는 걸까? 지금까지 들은 진또배기 중 가장 감동적이고 잘 불렀다. Y

PIC.K의 '엄마가 잠든 후에'가 최우수상을 받았다. 노래 제목만으로도 짠하다. 코로나 19가 자고 일어나면 다 끝날 줄 알았다고, 나도 그럴 줄 알았다.

우리는 지금 코로나바이러스로 힘든 시기를 겪고 있다. 많은 분이 경제적 타격을 받고 있고 나 또한 예외는 아니다. 그럼에도 불구하고 나는 작은 것에서 감사를 느끼고 있다.

"제1회 중랑구 방구석 장기자랑"에서도 함께 마음을 나누려는 그분들이 있어서 행복하고, 아픔과 슬픔을 승화시켜 기쁨을 주려는 분들을 통해 나의 감정을 승화시킬 수 있어 감사하다. 프로그램에 출연해서 감동을 준 모든 분에게 감사드린다.

이승기, 금지된 사랑으로 내 마음을 뻥 뚫었다

집사부일체 이정현사부편에서 20세기말 추억소환 탑골 콘서트를 열고 출연자 전원이 노래를 불렀다. 이승기는 검정가죽재킷과 같은 색 진을 입고 완벽한 로커로 변신하여 김경호의 '금지된 사랑'을 불렀다.

잔잔한 분위기 속에서 매력적인 이승기의 목소리가 울려 퍼지다

고음 부분에서 맑은 음색이 거침없이 쭉 뻗어 나가는 데 나도 몰래 노래에 빠져들었다.

울지 마! 여기에 새겨진 우리 이름을 봐
소중한 초대장이 젖어버리잖아
슬퍼 마! 너의 가족들이 보이지 않아도
언젠가 용서할 그날이 올 거야
내 사랑에 세상도 양보한 널 나 끝까지
아끼며 사랑할게

'와! 소름 돋는다. 이렇게나 노래를 잘 불렀나 싶을 정도로 최고의 경지다. 코로나 19로 차곡차곡 쌓여 있던 감정들이 이승기의 '금지된 사랑'으로 뻥 뚫렸고 한 방에 스트레스가 다 날아갔다. 노래 한 곡으로 이렇게 시원함을 가지기는 처음이다.

이승기는 18살에 '내 여자라니까'라는 노래로 가수로 데뷔했다. 그러나 그는 최고의 배우로, 최고의 예능인으로 자리 잡으면서 본업이 가수라는 것을 잊게 하였다. 가끔 예능프로에서 노래를 부르기는 하지만 분위기만 맞출 뿐이어서 '노래 잘 하네' 정도로만 여겼다. 이날 금지된 사랑으로 고음처리를 하는 데 소름이 돋고 평소에 노래를 듣고 느끼지 못했던 속이 깨끗해짐을 느꼈다. 노래를 듣는 분들은 대부분 나같이 속이 뻥 뚫림을 느꼈으리라. 한 마디로 무대를 찢어 버렸다. 원곡자 김경호와 또 다른 느낌으로 무대를 압도하며 감동을 주었다.

"미쳤다. 미쳐!"
이 표현이 정확하다.

'이렇게 미친 듯이 노래를 잘 부르는데 그 동안 왜 노래를 부르지 않았을까?
'재주가 너무 많아 그런가?'

갑자기 이승기가 그동안 노래를 부르지 않은 이유가 궁금해졌다. 이승기는 작년에 배가본드로 최우수연기상을 수상했다. 그동안 갈고 닦은 실력을 유감없이 발휘해서 최고의 연기를 보여주었다. 연기력, 재미 다 잡았기에 당연히 대상을 받을 것으로 생각했지만 받지 못해 아쉬움이 남았던 기억이 있다. 예능은 또 어떤가? 예전에 1박 2일에서 신선한 허당미와 승부욕을 보여 시청자들을 TV앞으로 끌어들였고 '꽃보다 누나'에서 허당미의 절정을 보이며 누나들에겐 매력을 우리에겐 재미를 주었다. 그리고 이제 집사부일체의 리더로 예능의 대세로 자리 잡았다. 연기와 예능 등 바쁜 일정으로 노래를 못했겠지만 그에게 부탁한다.

"본업으로 돌아와서 앨범 내자."
"코로나 19로 힘든 우리를 위해서 위로의 노래 부탁해."

이승기는 연기, 노래, 예능 모두 최고치를 찍은 대한민국 유일무이한 만능 엔터테이너이다. 하반기는 예능도 하고 배우노릇도 하고 가수노릇도 해서 팬들 눈과 귀를 호강시켜 주길 바란다. 집에 있는 시간이 많아지면서 미디어를 시청하는 시간이 길어졌고 어떤 프로그램에서는 희열을 또 어떤 곳에서는 울기도 한다. 오늘 이승기의 '금지된 사랑'은 코로나 19의 스트레스를 한 방에 날려 주었다.

이런 시원한 감정을 느낄 수 있음에 감사하고 멋지게 노래 잘 불러 준 이승기에게 감사의 마음을 전한다.

놀면 뭐 하니? 싹쓰리의 '다시 여기 바닷가'

김태호PD의 '놀면 뭐 하니?' 올 여름시즌 프로젝트 준비 단계부터 관심 있게 봤다. 그의 반짝이는 아이디어와 진부함을 깨는 통찰력, 실험적인 대범함을 아주 높게 보고 있고, 그가 손을 대는 프로그램은 인기와 함께 하나의 문화를 만들고 있다.

무한도전 종영으로 잠시 휴식을 취하던 김PD가 "놀면 뭐 하니? 뭐라도 찍자."는 의도로 유재석과 함께 노는 듯 일하는 듯 찍은 프로그램이 '놀면 뭐 하니?' 이다. 물론 내 눈에 그렇게 보인 것이고 당사자들은 치열하게 작업에 임했을 것이다. 릴레이 카메라를 시작으로 작년에 대성공을 거둔 뽕포유를 만들어 신인트로트 가수 유산슬을 탄생시켰다. 통찰력이 있으니 시대의 흐름을 발 빠르게 읽어내는 능력이 있고 시청자들은 그 덕분에 즐겁다.

지금은 대스타 혼성그룹 싹쓰리를 탄생시켜 올여름을 강타할 예정이다. 그의 이런 기획은 어디서 오는 걸까? 사람과 프로그램에 대해 얼마나 깊은 통찰력이 있어야 남들이 생각지도 못하는 이런 프로그램을 만들어 내는 걸까? 나는 그런 분들을 부러워하고 좋아한다. 우리나라 최고의 스타PD 김태호PD와 나영석PD도 그런 사람이다. 재미와 감동을 주는 두 사람의 프로그램을 좋아하고 그들은 내 강의 소재가 되기도 한다. 특히 김PD의 프로그램에는 내가 좋아하는 유재석이 등장해서 빠지지 않고 시청하고 있다. 올 여름 시즌 프로그램은 기획단계에서부터 봤고 히트예감이 들어서 강의 중에도 많이 홍보하고 다녔다.

김태호PD의 이번 작품을 내가 묻지도 따지지도 않고 무조건 보는 이유는 내가 가장 좋아하는 유재석과 이효리, 그리고 요즘 관심을 가지고 있는 정지훈이 나오기 때문이다. 유두래곤, 린다G, 비룡 역대 최강의 대스타들이 싹쓰리 혼성그룹을 만들었다. 이들의 출연만으로 관심을 폭발시킨다. 이들은 20세기 말의 정서와 색감과 스타일을 그대로 살려서 '다시 여기 바닷가' 노래를 발표했고, 시원하고 신나고 재미나게 나의 추억과 우리의 추억을 소환했다.

혼성그룹 리더인 유두래곤! 유재석은 내가 정말 좋아하는 사람이다. 성실함과 유머와 상대를 공감하는 능력은 타의추종을 불허한다. 그의 오랜 기간 인기의 비결이기도 하다. 나는 유재석이 "팥으로 메주를 쑨다."해도 믿을 만큼 그를 신뢰하고 좋아한다. 연말 연예대상 시상식 때 그에게 한 표를 던지는 문자 투표를 할 뿐 아니라 가족들에게도 유재석에게 한 표를 던져달라고 부탁할 정도로 팬이다. 싹쓰리는 유재석이 중심을 잡고 있기에 가능하다. 작년에 신인트로트가수 유산슬로 이름을 알렸고 이번에는 혼성그룹 싹쓰리 리더로 또 한 번 변신에 성공했다. 유두래곤은 노래실력도 점점 늘고 있고 동생들과 재미있게 노는 모습에서 나이와 상관없이 생각이 젊음을 유지하고 있다는 것을 알 수 있다. 최고의 예능인 유재석도 내 강의의 소재이다.

린다G, 이효리! 그녀의 거침없는 행동과 언어에서 늘 당당함을 볼 수 있다. 그 당당함은 막무가내식이 아니라 자신이 꺼릴 것이 없기에 나오는 행동이다. 그녀는 겉과 속이 일치해 보이고 내면에 사람과 자연에 대한 존중과 아름다운 정서가 있어 보인다. 그녀의 언어에는 톡 쏘는 사이다 맛이 있다. 그래서 시원하다. 화려한 톱가수의 생활을 뒤로하고 자연스럽게 자연인이 되었고 그 모습에 반해 내 맘에 들어오기 시작했다. 한 번 정점을 찍은 톱스타는 그 자리를 지키려고 무척 애를 쓴다. 그녀가 특별해 보이는 이유가 그 모든 것을 내려놓았기 때문이다. 이효리, 그녀는 이제 내가 좋아하는 여자연예인 1순위이다. 뭘 해도 멋져서 늘 응원한다.

비룡, 정지훈! 참 열심히 반듯하게 사는 사람으로 보인다. 춤이면 춤, 노래면 노래 못하는 게 없다. 열정적이고 성실하기까지 하다. 그런 생활습관이 그를 월드스타로 만들었을 것이다. 그에 걸맞게 우리나라 최고로 멋진 배우 김태희와 결혼해서 알콩달콩 재미나게 살아가니 더 멋지고 호감도가 올라간다. 이 프로젝트에서 비가 한 말 중에 기억나는 말이 있다.

"가족은 건드리지 마."

가족을 지키려는 마음에서 가족에 대한 사랑, 가족의 소중함을 뼛

속까지 가진 사람이라는 것을 알 수 있었고 김태희가 참 든든하겠다는 생각이 들었다. 여름시즌 프로젝트를 통해서 정지훈에 대해 관심을 가지게 되었고 그의 성공스토리가 눈에 들어왔다. 요즘 내 강의에 새롭게 등장한 인물이다.

'놀면 뭐하니?'에 숨은 실력자가 드디어 빛을 내기 시작했다. '다시 여기 바닷가'를 작곡한 이상순이다. 레트로 감성 뿜뿜 품은 여름노래를 작곡했고, 우리의 여름을 시원함 속으로 빠지게 한다. 그가 이런 감성을 간직하고 있기에 작곡할 수 있었으리라. '효리네 민박'에서 부드러우면서 따뜻하고, 모든 것에 순응하는 모습을 보이면서도 내면에는 단호함을 보였던 이상순은 국민남편으로 인정받은 사람이다. 이 노래를 계기로 음악활동을 폭넓게 하시길 바라며 자신의 커리어를 쌓기를 기대한다. '다시 여기 바닷가'는 히트작이 될 것이라 확실히 믿으며 큰 박수와 함께 응원을 보낸다.

이효리가 싹쓰리 멤버들에게 이 곡을 선보일 때 약간의 쑥스러움과 자랑스러움이 가득한 표정을 지었다. 그 모습에서 남편을 얼마나 사랑하는지 그 모습을 본 이상순은 또 얼마나 행복했을지 느껴진다. 사랑은 숨길 수 없는 것, 오래오래 사랑하고 행복하기 바란다.

김태호PD의 쌈박한 아이디어 싹쓰리 하고

이상순 작곡가의 레트로 감성 싹쓰리 해서
유두래곤, 린다G, 비룡 혼성그룹 싹쓰리 가
올 여름 대한민국 가요계를 싹쓰리 해라.

그리고 전 세계를 강타한 코로나 19도 싹쓰리 되길 간절히 바란다.

이번 주는 이승기가 '금지된 사랑' 으로 고막을 찢어 놓고 행복을 선물하더니 싹쓰리가 '다시 여기 바닷가' 로 청량감 가득한 나의 추억을 소환해서 행복을 준다. 행복감을 꾸준히 유지할 수 있게 이들의 노래를 들을 수 있어 감사하고, 이들을 소재로 글을 쓸 수 있음에 감사하다.

이태석 신부님의 울지마 톤즈, 그리고 부활

고 이태석신부님의 10주기를 맞아 그의 삶을 다룬 영화 '부활' 이 상영 중이다. '울지 마! 톤즈' 의 2편인 셈이다. '울지마 톤즈' 는 눈물 없이는 볼 수 없는 영화다. 이태석 신부님이 가신 후의 이야기 '부활' 역시 폭풍 눈물 흘리면서 볼 영화라는 걸 느낌으로 안다.
2010년 48세로 돌아가신 이태석신부님은 아프리카에서 가장 가

난한 나라 남수단 톤즈에서 8년간 의료봉사와 가톨릭신부로 그들의
아픔과 기쁨을 함께했으며 그들의 삶의 질을 높이기 위해 무척 노력
했다. 그의 삶을 추억해보자.

이 신부님은 부산의 가난한 집 10남매 중 9번째로 태어났다. 천주
교 집안에서 태어난 이 신부님은 인제 의대를 졸업하고 군의관으로
있던 시절 신부가 되기로 결심한다. 1991년 살레시오수도회에 입회
하고 광주가톨릭대학교에 입학한다. 2001년에 사제서품을 받고 그
해 11월 선교 활동을 떠났던 수단의 톤즈에서 신부님의 헌신적인 제
2의 인생이 시작된다.

내전으로 열악한 환경이었던 수단의 톤즈에서 선교활동을 펼치면
서 아파도 치료를 받지 못하고 죽어가는 환자들을 위해 병원을 세우
고 진료를 시작했다. 병원을 오지 못하는 이들을 위해서는 오지 마
을을 직접 찾아다니면서 진료를 했다. 신부님은 진료뿐만 아니라 톤
즈사람들의 삶 자체에 큰 영향을 미쳤다. 마실 물이 없어 강물을 떠
먹고 콜레라에 걸려 죽어가는 사람들을 보고 우물을 파고 그들의 생
활개선을 위해서 계몽운동을 시작했다. 또한, 무지의 톤즈에 학교를
세워 교육의 기회를 제공했다. 음악을 좋아했던 신부님은 학생들에
게 치료목적으로 노래와 악기를 직접 가르쳤으며 음악성이 있는 아
이들로 브라스밴드를 구성하여 유명세를 떨치기도 했다. 브라스밴

드는 우리나라에 초청되어 감동을 주기도 했다.

이태석신부님은 가난한 나라 수단에서 그들의 몸과 영혼을 치료하셨다. 헌신적인 활동 중에 자신이 병들었다는 사실조차도 모른 체 수단 사람들을 위해 온 몸을 희생하셨다. 수단에서 함께 일하던 동료의사에 의해 병이 있음을 알게 되고 한국에 입국했을 때는 이미 대장암 4기 판정을 받았다. 살 수 있다고 희망을 품었지만 병을 이겨내지 못하시고 2010년 1월 14일 48세의 젊은 나이로 예수님의 사랑을 몸소 실천하고 돌아가셨다.

상반기에 개봉했던 영화 '부활'은 이태석신부님의 부활을 다룬 영화다. 꼭 보고 싶은 영화였지만 보지 못했다. 내가 볼 영화 1위 리스트에 올린다. 이 영화는 불교신자인 KBS PD출신 영화연출가 구수환 감독이 신부님의 삶에 감동을 받아 만들어진 영화다. 영화 '톤즈' 연출가이기도 한 구감독은 두 영화를 제작하면서 이런 말을 했다.

"세상을 변화시킬 수 있는 원동력은 분노가 아닌 사랑이다."

신부님은 사랑으로 그들을 변화시켰다. 신부님이 돌아가신 후 10년이 지난 지금, 남수단 톤즈에서 신부님의 사랑이 어떤 결실을 맺고 있는지 보여주는 영화가 바로 '부활'이다. 구수환 연출가의 '부

활' 을 기획한 이유를 들어보면

"이태석 신부님의 선행이 어떻게 뿌리를 내렸을 지에 대한 궁금증을 풀기 위해서다."

그 분처럼 신부님의 삶에 감동받은 모든 분들은 그 이후가 궁금할 것이다. 나도 무척 궁금했다. 그 당시 어린 톤즈의 친구들은 40여 명이 의사가 되었거나 의대를 다니거나 자신의 조국을 위해 일을 한다. 의대를 졸업한 친구들은 고향으로 돌아와 그들에게 보여주었던 이태석신부님의 헌신적인 사랑을 실천하고 있다. 신부님은 한센인을 진료할 때 환자의 손을 먼저 잡는 따뜻한 인간애를 보이셨다고 하는데 이를 본 톤즈의 의사들도 한센인을 진료할 때 신부님처럼 환자의 손을 먼저 잡는다고 한다. 이 모습은 고 이태석 신부님이 환자를 대하는 따뜻한 사랑의 모습이기도 하다. 당시 이태석 신부님의 권유로 제자 존 마옌 루벤과 이 모습을 기억했던 톤즈의 의사들이 신부님을 추억하며 사랑하고 감사의 의미로 신부님과 같은 행동을 하는 것이다. 그들 또한 헌신적인 의사가 되겠다는 의미가 아닐까?

당시 이태석 신부님의 권유로 제자 존 마옌 루벤과 토마스 타반 아콧이 인제의대에 진학했고 그들 역시 의사가 되어 신부님의 삶을 이을 것이다. 톤즈의 아이들이 이태석신부님의 삶을 그대로 이어가고 있다. 이것이 바로 부활이다. 예수님이 부활하셨듯이 의사였고 교사였고 예수님의 삶을 실천하신 이태석신부님이 부활하셨다. 부활이란 말 외에 어떤 말로 이 상황을 설명할 수 있을까?

세상을 변화시킬 수 있는 것은 사랑이다. 이태석 신부님을 통해서 선명하게 알 수 있다. 이태석 신부님에 대한 한 편의 글에 감사하고 그 글을 통해 신부님의 삶을 들여다보며 내가 추구하는 삶의 방향성을 다시 생각할 수 있는 귀한 시간이 되었음에 감사하다.

성격유형검사의 오해와 진실

요즘 성격검사 MBTI가 유행이라고 한다. 유재석이 진행하는 '유퀴즈'에 나왔고 '놀면 뭐하니?'에서도 유재석, 이효리, 정지훈이 검사하고 그 결과로 인해 전국이 MBTI검사로 들썩인다. 며칠 전 둘째 딸이 물었다.

"엄마 MBTI 유형 뭐야?"
"잔다르크형"

"대박, 대박, 리얼, 완전 100% 엄마랑 똑같아."

딸은 박수를 치며 호들갑을 떤다. 자기 것도 똑같단다. 그러나 강사로 활동하는 밖에서의 내 모습은 180도 완전 다른 사람이다. 이중인격자냐고 생각할 수도 있지만 그렇지는 않다. 아주 친한 지인들과 가족들은 나의 진짜성격을 안다. MBTI는 20년 전쯤 본당에 상담실이 필요하다고 생각하신 신부님의 권유로 배웠다. 그때는 서로 모르는 분들이 강의를 수강한 것이라 생략하고, 6년 전쯤 강사집단이 같은 강사에게 배웠던 성격유형검사 에니어그램에 대해 오해와 진실을 밝혀 보려 한다.

같이 강사활동을 했던 4명의 강사와 같은 강사인 수강생들이 160시간을 함께 했던 프로그램이었다. 나의 성격은 친정어머니의 한 마디로 알 수 있다.

"부끄럼쟁이 네가 어떻게 강사를 하니?"

친정어머니는 내성적인 성격으로 강사를 할 수 있을지 의문을 가졌을 정도로 나는 에너지가 안으로 향하는 사람이다. 그러나 같은 강사나 수강생들이 볼 때는 외향적이고, 열정적인 3유형으로 본다.

강의진행을 맡았던 강사 중 세 분도 나를 3유형이라고 단정 지어 말했다. 같이 수강했던 강사들 중 일부는 5유형인 것 같다고 말했다. 나도 가슴형인 3유형, 머리형인 5유형, 본능적인 장형인 9유형, 세 가지의 유형이 나에게 균등하게 자리를 잡고 있어서 어떤 유형인지 헷갈렸다.

프로그램을 진행하는 강사가 3유형이라고 하니 그 유형이라 생각할 수밖에 없는 상황인데 어릴 때의 내 모습은 3유형과 전혀 상관없는 유형이다. 나를 3유형이라 말했던 강사들도 강사로서의 내 모습만 봤으니 그 유형이라 말할 수밖에 없었을 것이다.

마지막 수업을 맡으신 분이 한국에니어마인드연구소의 이종의 소장님이셨다. '결혼은 리얼리티다' '너와 나의 만남 에니어그램'의 저자이며 에니어그램 분야에서는 일가견이 있으신 분이시다. 그분은 나를 9유형이라 하셨다. 공부가 깊이 들어가면서 9유형일 것이라는 확신이 들었지만 앞에 세 분의 진행 강사가 3유형이라고 확정을 지었기에 말을 못하고 있던 상황이었다. 수업 중 몇 편의 에세이를 냈고, 마지막 강의 때 9유형이 맞는지 다시 여쭈어봤다. 처음부터 끝까지 변함이 없고, 처음 강의 시작할 때부터 마지막 강의까지의 모습에서도 나타날 뿐 아니라 에세이에서도 9유형이라는 게 아주 잘 나타난다고 했다. 9유형이 의식이 성장하면 3유형처럼 보인다는 걸 에니어그램을 배우면서 알았다. 내가 에니어그램 9유형이라고 확신하는 것은 9유형의 특성이다. 딱 보는 순간 남들이 알지 못하는 나라는 것을 알 수 있었다.

"태평한 평화주의자로 갈등상황을 극도로 꺼리고 자신의 내면이 혼란스러운 것을 피한다."

이 한 마디로 나는 100%로 몽상가이자 평화주의자, 중재자인 9유형인 것을 알 수 있었다. 나는 평화로운 것이 좋다. 한 때는 그 해의 키워드를 '평화' 라고 정한 적이 있을 만큼 평화롭기를 바란다. 그리고 갈등상황이 되면 해결하기보다 갈등자체가 싫어서 스스로 그 자리를 피한다. 예를 들면, 소속한 단체에서 갈등관계의 사람이 생겼다고 할 때 극복하기보다 부딪히는 것이 싫어서 손해를 보더라도 그 단체에서 탈퇴한다.

함께 공부하는 강사들에게 내가 9유형이라는 것을 밝혔을 때 끝까지 나를 5유형이라고 확신하고 우기는 사람이 있었다. 자신보다 더 자신을 잘 아는 사람이 있을까? 어설프게 배우는 과정에서 남의 유형을 단정 짓고 강요하는 무례한 짓은 하지 말아야 한다. 물론 '5유형일 것 같다.' 고 할 수는 있지만 아니라는데도 끝까지 남의 유형을 확신하듯 말하는 것은 정말 위험한 일이다.

나의 에니어그램 검사결과와 MBTI검사 결과는 거의 흡사하다. 에니어그램 9유형 중재자, MBTI는 중재자, 잔다르크형이라고 불리는 INFP이다. 위에서 집 안과 밖에서 나의 성격은 다르다고 했다. 이유는 일을 하다 보니 그 일에 맞게 의식이 성장했기 때문이다. 그래서 열정적으로 강의하고 현관문을 여는 순간 가장 편안한 상태인 원형의 상태로 돌아간다. 충분히 휴식을 취하고 평화로운 상태가 되어야 다음 날 또 신나게 강의 할 수 있다.

보기에는 나와 비슷한 유형의 친구가 있다. 그 친구는 피곤하다고 말하면서 백화점 쇼핑을 가서 기분을 풀어야겠다고 말한다. 나는 그 상황이면 집에 가서 휴식을 취한다. 이때 바로 진짜 본인의 성격이 나온다.

유재석의 MBTI 검사결과를 의아해 하시는 분들이 있다. 오랜 기간 팬으로 지켜본 유재석은 ISFP 성인군자형이 맞는 것 같다. 또 본인이 연예인이 자기와 잘 맞지 않다는 말을 했고 주목받는 걸 싫어한다고 했다. 가까이 지내는 조세호도 인정한 부분이다. 국민 MC 유재석도 사람들에게 웃음을 주기 위해 개그코드에 맞게 의식이 많이 성장한 것이니 본인이 ISFP라면 그 성격이 맞다. 다른 분들은 아니라고 우기지 마시길 부탁한다.

사람은 타고난 천성이 있다. 그 천성에 후천적인 성품이 더해져 한 사람의 인격체를 만든다. 나의 천성은 평화를 추구하는 사람이지만 게으름을 타고 난 사람이기도 하다. 한 번 게으름에 빠지기 시작하면 헤어나오기 힘든 상태까지 간다. 한 번 집에 들어가면 밖에 나가지 않는 이유도 아마 게으름의 연장선일 확률이 높다. 그 게으름을 극복하기 위해서 새벽기상시간을 정하고 새벽글쓰기를 하겠다고 선언하고 지키고 있다. 나의 부정적인 성격을 고치려고 노력하고 그것을 긍정적인 것으로 전환하기 위해서는 많은 노력이 필요하고 주위의 도움이 필요하다. 나는 독서를 통해서 그것을 찾고 다짐하고 계획하고 선언한다.

나의 기본 성격이 낙천적이고 평화주의자인 것도 감사하고, 게으름을 극복하려고 노력하는 나 자신이 대견하고 감사하다. 많은 분들의 혼이 담긴 책속에서 진리를 찾을 수 있음에 세상의 모든 저자들에게 깊이 감사함을 전한다.

스노우폭스의 CEO 김승호와 그의 책들

김밥 파는 CEO 김승호는 "매일 100번씩, 100일간 상상하고 쓰고,

외쳐라."라고 했다. 그는 사업하면서 가장 필요한 재능이 상상력이라고 말할 정도로 모든 현실은 상상에서 시작된다고 말한다. 자신의 생각을 계속 자극할 만한 환경만 만들어주면 얼마든지 원하는 것을 얻을 수 있으며 자신이 이루고 싶은 꿈을 이메일 암호로 정하고 끊임없이 그것을 반복하면서 그 힘의 영향을 받았다고 한다.

"300개매장에주간매출백만불"

매장 300개에 주간매출 100만 달러를 올리는 것이 그의 소망인 것이다. 이렇게 상상하고 쓰고 외치면 그 꿈을 이루고, 또 다음 꿈도 이렇게 반복하면서 자신이 원하는 것을 이루었다고 한다. 사업하면 돈과 바로 직결되는 나의 사고에서 그의 사고를 끌어 와서 내 삶을 살펴봤더니 그의 말이 사실이라고 인정할 수밖에 없다.

내가 이룬 모든 꿈도 내가 되고 싶은 상상에서부터 시작되었다. 강의도 학위도 그리고 이번에 출판하는 책도 마찬가지다. 그의 말처럼 모든 것은 나의 상상에 의해서 이루어졌다. 내가 원하는 것을 상상에 그치지 않고 책상 의자에 앉으면 바로 보이는 곳에, 뒤로 돌면 출입문 안쪽에 고개를 옆으로 돌려도 볼 수 있게 나의 꿈을 적어 걸어두었다. 사방팔방 어떤 방향으로 고개를 돌려도 나의 꿈이 보였고 수시로 외쳤다. 그의 말처럼 상상하고 쓰고 외쳐서 내 꿈을 이루었다.

꿈을 이룬 그가 어느 방송에 나와서 "매일 100번씩, 100일간 상상하고, 쓰고, 외쳐라."고 강조하는 것을 듣고 관심을 가졌다. 긍정적인 생각과 사회를 바라보는 시각이 재미있어서 그가 나온 영상을 찾아봤고 더 궁금해서 그의 책 3권을 읽었다. '생각의 비밀'과 '김밥 파는 CEO'는 그의 사업과 성공, 성공한 사람들의 습관 그리고 사람에 관한 이야기들이 적혀 있다. 그의 멈추지 않는 도전과 상상에서 성공에 이르는 과정이 매우 흥미로웠다. 생각 자체가 깨어 있어서 한 발짝 앞서 가는 능력이 있고 성공할 수밖에 없는 구조의 사람이다.

저자는 '생각의 비밀'에서 돈이 인격체이기 때문에 함부로 다루면 안 된다고 했다. 자기를 함부로 대하는 사람을 좋아할 사람이 없는 것처럼 돈을 함부로 대하는 사람에게 돈은 다시 찾아가지 않는다 했다.

"돈을 소중히 여기고 옳은 곳에 써주고 합당하게 대우해주면 돈도 그 사람을 좋아하고 다른 친구들을 데려오고, 또 떠나지 않으려 함께 모여 있기 마련이다."

가슴이 뜨끔해진다. 한 번도 돈을 인격체라고 생각해 본 적이 없을 뿐더러 돈을 함부로 대했다. 이 가방 저 가방 손닿는 대로 돈을 넣어두곤 했는데 이 글을 읽고 지갑부터 정리하고 돈을 사람인 듯 소중하고 귀하게 대우해줘야겠다.

　자라면서 돈에 관한 이야기를 하면 '돈을 밝힌다.' 는 나쁜 의미의 말을 듣고 자랐고 누구도 돈은 귀한 것이고 소중히 다루어야 한다고 말해 주는 사람이 없었다. 그러니 자연스럽게 돈을 터부시 했고 돈에 대해 이야기하는 사람은 좋지 않게 생각하게 되었다. 얼마 전부터 사고는 바뀌었으나 돈에 대해 예민하게 반응하는 사람들을 만나면 내 정서에 깔려있는 기본적인 감정들이 올라온다. 오랜 기간 돈에 대해 가졌던 개념이 쉽게 바뀌지는 않지만 완전한 인식의 전환을 해야겠다.

　"우리는 나를 알아봐주고 나에게 합당한 대우를 해주는 사람에게 매력을 느끼고 만나고싶고 함께 하고 싶어 한다. 돈 역시 어떤 행위들이 만들어낸 상황의 결과물이다."

　몇 번을 읽어봐도 공감되는 말이다. 코로나19로 경제적인 자유를 얻고 싶어 함은 경제로부터 단절되었기 때문이다. 이 상황 또한 이전의 내 행위가 어떠했는지에 따라 결정이 되었고, 지금의 상황은 내가 만든 결과물이다. 저자의 말처럼 세상의 모든 행위는 결국 연결되어 있기 때문에 그 이전의 내가 지금의 나를 만든 것이다. 나도 인정하는 바다. 이 글을 읽으면서 돈에 대한 정의를 다시 생각한다.

내가 돈을 소중히 대해야 돈이 나에게로 온다.

내가 흥미로웠던 책은 『자기경영노트』였다. 이 책을 펼치고 얼마 지나지 않아서 아들에게 주는 교훈이란 글을 읽다 아주 반가워서 그가 김승호가 맞는지 다시 확인을 했다.

"약속 시간에 늦는 사람하고는 동업하지 마라.
시간 약속을 지키지 않는 사람은 모든 약속을 지키지 않는다."

"네 자녀를 키우면서 효도를 기대하지 말아라.
나도 너를 키우며 너 웃으며 자란 모습으로 벌써 다 받았다."

십계명같은 아들에게 주는 26가지 교훈의 처음과 끝을 적었다. 이 글은 오래전에 읽었던 글이고 글쓴이가 누군지도 모르고 참 재미있는 글이라고 생각했다. 까마득하게 잊고 있던 이 글이 CEO 김승호의 글이라니 오랜 친구를 만난 듯 반갑다. 어쩐지 그에게 자꾸 끌리는 이유를 이제야 알았다. 오늘 이 글을 아들과 함께 큰 소리로 읽어봐야겠다.

나는 굉장히 멋진 엄마라고 생각했고 나름 노력도 한다. 그런데 아이들이 별일 아닌 행동을 했는데도 나는 별일인 것처럼 서운한 감정이 들 때가 있다. 내가 평생현역으로 살겠다는 의미는 자식들에게 어떤 것도 바라지 않는다는 뜻이다. 그런데 아이들과의 관계에서 별 일 아니라고 생각하면서도 서운한 감정이 생겨서 혼란스러울 때가 있다. 김승호의 교훈을 읽어보니 마지막 문장, 아이를 키우며 웃으며 자란 모습에서 이미 효도는 다 받았으니 기대하지 말라는 대목이 가슴에 찡하게 와 닿는다. 아이들을 더 여유 있는 태도로 대해야겠다는 마음을 가지며 다시 한 번 소리 내어 읽어본다. 이미 효도는 다 받았으니 아이들에게 기대하지 말자.

성공한 사업가 김승호의 성공요인은 독서, 습관, 도전, 꿈을 상상하고 쓰고 외치는 것과 사람을 귀하게 여기는 것이다. 성공한 사업가로 훌륭한 분이지만 나는 사업가로 그를 본 것이 아니라 그의 사고와 모습에서 바른 사람일 것이라는 느낌을 받아서 호감이 갔다.

성공하려면 성공한 사람을 보고 따라 하면 된다. 물론 성공이 경제적 자유만 해당하는 것이 아니다. 나의 아이들도 그처럼 바른 사람으로 성장하기를 바라며 김승호의 책을 아들 책상 위에 슬쩍 올려놓았다.

그의 강의를 듣고 그의 책을 읽을 기회에 감사하고 그가 실천했던 것을 나에게 맞추어 실천해 볼 수 있어서 감사하다.

물건에 감사하기

O

도서관의 반가운 책대여 소식

나는 타의든 자의든 활자 중독자라 말한다. 책을 무척 좋아하는 사람이며 책을 사는데도 돈을 아끼지 않았다.

그러나 단순한 삶을 살기로 마음먹은 후 집안에 가득 찼던 책을 미련 없이 처분했다. 1톤 트럭에 책이 넘쳤다. 책을 가지고 가신 분이 도서관이냐고 할 정도로 많은 책을 소장하고 있었고 귀한 책도 많았다. 후에 귀한 책들이 생각나 챙기지 못한 것을 땅을 치고 후회했지만 책을 정리한 것에 대해서는 후회하지 않는다. 그 후 책을 구입하는 것은 지인이 책을 출간했다고 연락이 오면 그 책의 필요여부와 상관없이 애썼을 그 마음을 생각해서 구입한다. 또 꼭 읽어야 되는데 도서관에 없는 책은 산다. 그 외는 도서관이 내 책방이다.

그런데 코로나 19로 시간이 남아도는데 그렇게 원하던 시간이 나에게 주어졌는데 도서관에 갈 수 없으니 구입한 책으로 보고 싶은 것을 보는 데는 한계가 있다. 결국 미디어를 시청하는 데 많은 시간을 보내고 그 유혹에서 벗어나질 못하고 있었다. 그렇게 시간을 보내다 드디어 도서관에서 책 대여가 가능하다고 연락이 왔다. 그 문자를 받는 순간 바로 중랑구 통합도서관 앱으로 읽고 싶은 책을 상호대차 신청을 해놓았다. 하루 지나니 대출 신청한 책이 다 모였다고 연락이 왔다. 가서 받아만 오면 된다. 운동 삼아 상봉도서관까지 걸어서 가고 걸어서 왔다.

원하는 책을 맘껏 읽을 생각을 하니 오가는 길이 정말 신나서 콧노래가 절로 나온다. 코로나19가 빨리 사라지고 도서관에서 맘껏 책도 읽고 공부도 하고 여가시간을 보낼 수 있는 날이 오길 간절히 바란다.

책을 읽지 못해 답답하던 마음이 책 대출 가능하다는 문자 하나에 감사 인사가 절로 나왔다. 감사합니다.

편리함을 즐기며 신세계를 맛보다

인간의 문명은 불의 발견으로부터 시작되었다. 그 발견이 발명으로 이어지고 오랜 기간 꿈이었던 것들이 우리 생활의 일부가 되었다.

대학시절 한 교수님께서 수업 중 우리에게 한 말이 기억난다.

"너희는 결혼할 때 전자레인지는 꼭 사가. 정말 편리해."

당시만 해도 여자들은 결혼을 잘하기 위한 과정 중 하나로 대학을 다닌 사람들이 많았고 결혼과 함께 직장을 관두는 경우도 흔한 시절이었다. 그러니 수업 중 자연스럽게 혼수품 얘기가 오가곤 했다.

전자레인지가 나온 지 오래되지 않았고 3분만 돌리면 찬밥이 갓 한 밥처럼 따끈따끈해지니 얼마나 신세계인가? 집집마다 그것을 가진 것도 아니고 교수의 한 마디에 나도 혼수품으로 준비했다. 아직도 그 혼수품은 제 역할을 잘 하고 있다. 이제 전자레인지는 밥솥처럼 기본 가전제품이다.

과학은 발달했고 전자제품의 발달은 하루가 다르게 변화하고 있다. 이제 편리함을 넘어 인테리어 부분까지 신경 쓴 디자인들이 출시되고 있다. 웬만한 가전은 기본으로 갖추어 진 상태인데 2년 전 나를 유혹한 가전제품이 생겼다. 의류건조기다.

그 때는 옥상 있는 집으로 이사 온 지 얼마 되지 않아 쨍쨍한 햇볕에 빨래를 너는 재미에 빠져 열심히 옥상을 들락거릴 때였다. 햇빛에 바싹하게 마른 옷을 만지면 기분이 그렇게 좋을 수가 없다. 그뿐만 아니라 해 질 녘 빨래를 걷기 위해 옥상에 올라가면 노을 진 하늘이 얼마나 예쁜지 그걸 보려고 시간 맞춰 옷을 걷기도 했다. 그렇게 옥상 빨래 널기에 푹 빠져 있던 상황인데도 의류건조기가 끊임없이 나를 유혹했다.

함께 강의를 갔던 선생님 한 분의 말에 참았던 2년이 무너졌다.

"선생님, 의류건조기 신세계예요."

신세계라는 그 말에 혹해서 인터넷을 미친 듯이 뒤졌다. 그리고 저렴하지만 예쁘고 성능 좋은 C의류건조기를 선택했다. 컴퓨터를 비롯해 모든 가전은 A와 B제품이다. 의류건조기를 사기 전 디자인에 반해 이 브랜드의 제습기를 구입했는데 생각보다 아주 좋았다. 그래서 망설임 없이 C의류건조기를 선택했다. 의류건조기를 사기 위해 여러 회사의 후기들을 많이 봤는데 공통점은 어느 것이나 할 것 없이 옷이 줄어든다는 것이다. 그러면 굳이 비싼 것을 사지 않아도 되겠다는 생각이 들었다. 가전제품을 A와 B 외 다른 제품을 사는 것은 나에게 모험이었지만 기우였다. 가격대비 성능이 좋아서 대만족이다.

의류건조기 사용은 정말 신세계다. 완벽하게 건조가 되어서 나오니 감탄 그 자체다. 처음에 건조 후 먼지 나온 것을 보고 기겁을 했다. 그동안 그 먼지와 함께 옷을 입었던 것이다. 이 신세계의 경험을 80대 중반이신 친정어머니께도 선물해 드리고 싶어서 바로 주문해서 보내드렸다. 그 정도로 의류건조기 산 것에 대해 대만족이고 지금까지 잘 사용하고 있다. 전기세 걱정하지 않아도 된다. 식구가 별로 없기에 주 2회 한 달로 계산하면 8회 정도 건조기를 돌리는데 전기세는 의류건조기 사용전과 별 차이가 나지 않는다.

의류건조기는 장점이 참 많다.

첫째, 세탁에서 건조까지 빠른 시간에 이뤄지니 시간적 여유가 생긴다.

둘째, 애써 빨래를 널고 걷는 수고로움에서 자유롭다.

셋째, 널린 빨래가 집안에 없으니 집이 깨끗해진다.

넷째, 가족이 급하게 입고 나갈 일이 있으면 3~4시간 전에만 말하면 바로 해결된다.

다섯째, 먼지가 묻은 옷을 입지 않아도 된다.

여섯째, 이불을 수시로 넣어서 리프레쉬 해주면 먼지가 깨끗하게 털어진다.

일곱째, 의류건조기 자체가 예뻐서 인테리어 효과를 준다.

의류건조기의 단점은 원단에 따라 옷이 줄어드는 것 딱 한 가지다.

모든 옷이 줄어드는 것은 아니다. 면과 청 원단으로 만들어진 옷이 줄었다. 사용하다 보니 해결방안도 생겼다. 세탁한 옷을 한꺼번에 돌리다 완전히 건조되기 20~30분 전에 잘 줄어드는 옷을 꺼내서 옷걸이에 걸어 베란다에 잠시 두면 줄어드는 것을 막을 수 있다.

나는 편리한 의류건조기의 신세계를 맛봤고 만족감, 행복감, 해방감까지 주는 의류건조기에 어찌 감사하다고 인사를 하지 않겠는가? 요즘 같은 장마철에는 더욱더 감사하다.

온라인 쇼핑몰 마켓컬리와 B마트 주문 후 배송

코로나 19가 있기 전에는 내 시간에 맞춘 쇼핑이 온라인 쇼핑이라 모든 물품구매는 95% 이상 온라인 거래를 했다. 의류에서부터 장보기까지 불편함 없이 완벽한 시스템에 의한 온라인 쇼핑이라 편리하게 이용했고 좋아했다. 코로나바이러스로 정부지원금을 받았고 그 카드는 지역경제를 살리기 위함이기도 해서 동네 작은 마트나 재래시장에서 장을 보기 시작했고 잠시 온라인 쇼핑을 멈추었다.

그러다 SNS를 통해 마켓컬리의 처음 구매하는 한 가지 물품에 대해 10000원 할인해 준다는 말에 혹해서 주문했다. 포장배송이 감동을 줄 만큼 꼼꼼했다. 마켓컬리의 로고가 찍힌 상자에 스카치테이프로 손잡이까지 정성스럽게 만들어 구매자 입장에서 최대한 편리하게 포장되어 왔다. 온라인으로 먹거리를 주문했을 때 이 정도는 아니었기에 받는 순간 회사에 대한 호감도가 쑥 올라갔다. 포장을 열었을 때 깔끔하게 정리되어 정성스러움이 느껴졌고 상자 안에 또 하나의 상자가 있었다. 소비자입장에서는 감동 그 자체이나 환경이 먼저 떠올랐다. 상자를 보는 첫인상에서 마켓컬리에 대해 감동할 것 다 받았으니 굳이 속 상자는 없어도 될 것 같은 생각이 들었다. 회사대표가 이 글을 본다면 조심스럽게 그것을 없애달라고 건의를 드린다.

첫 주문에 정성스러움이 느껴져 매우 만족했고 CEO가 누군지 궁금해서 인터넷을 뒤져봤다. 골드만삭스에서 근무한 경력이 있고 수억대의 연봉을 걷어차고 창업한 38세의 김슬아 대표였다. 식재료에 대한 관심이 창업으로 이어졌고 그녀는 생산자와 소비자 모두 행복해지는 유통과정을 만드는 게 목표라고 했다. 회사로 들어오는 모든 음식재료는 담당직원들이 직접 먹어보고 구입한다니 더 믿음이 간다. 난 이런 건강한 정신을 가진 그녀를 응원하며 이 목표에 적극 동참할 의사가 있다.

B마트도 주문 후 총알 배송으로 감동을 받았다.

아들이 B마트 할인권 10000원이 있다고 장을 보란다. 낮에 혼자 있는 시간이 길어지면서 소소한 찬거리가 필요한데 B마트는 총알배송으로 감동을 준다. 21780원어치 주문을 하고 10000원 할인받고 11780원을 결재했다. 배달료도 없고 소비자로서는 정말 감사한 일이다. 아마 회사 홍보를 위해 손해를 보고라도 진행한 이벤트인 것 같다. 며칠 후 내 이름으로 첫 거래를 하면서 또 만원을 할인을 받아 장을 봤다. 온라인 장보기 고수인 나는 할인과 총알 배송에 감동에 감동을 더했다.

지금까지 온라인 장보기는 빠르면 2~3시간, 대형할인점은 배달이 밀려 다음날까지 기다려야 한다. 갑자기 먹고 싶은 게 생길 때 배달 음식은 혼자 먹기는 양이 많아 음식쓰레기가 되는 경우가 대부분이다. 이럴 때 B마트의 반제품을 주문하면 20분 내 도착이라고 안내문자가 온다. 빠르면 10분 내로도 도착한다. 이날은 닭발이 먹고 싶었다. 배달음식을 주문해도 40분에서 1시간은 기다려야하고 20000원이 넘는 경우가 대부분이다. B마트를 알기 전에는 배달 음식을 주문하거나 포기하거나 둘 중 하나를 결정해야 했다. 이곳에서 닭발을 주문하면 30분 내 조리까지 끝내고 먹을 수 있다. 약간의 채소를 넣어 프라이팬에서 조리하면 된다. 그것도 귀찮으면 에어프라이어나 전자레인지에 돌리면 된다. 혼자 먹기에 알맞은 양이라 남은 음식을 처리하지 않아도 된다.

마켓컬리와 B마트는 간단하게 조리해서 먹을 수 있는 음식을 배달시키기에는 안성맞춤이다. 마케팅의 발달이 고객에게 최대의 감동을 주고 있다. 나같이 음식솜씨가 없고 시간이 부족한 사람은 최대수혜자다.

나는 이런 마케팅을 최대한 활용할 것이고 회사와 나는 서로 Win-Win 관계가 된다. 편리함을 넘어 감동까지 주는 마켓컬리와 B마트에 감사하다.

책쓰기를 위한 준비, 편안한 책상의자

코로나 시대가 장기전으로 가면서 책상에 있는 시간이 길어졌다. 그동안 1인용 소파를 사용해도 책상의자로 별 무리가 없었는데 집에 있는 시간이 길어질수록 소파에 앉아있는 시간이 길어지니 허리도 아프고 목에 무리가 왔다. 그래서 책상의자를 새로 구입했다.

작년에 아들이 고3일 때 샀던 책상의자를 재구매 했다. 실제로 받아 본 의자는 깔끔하고 어디 나무랄 곳이 없을 만큼 가격 대비 훌륭했다. 아들도 아주 만족했고 가격도 70000원 정도에 가성비 좋은 의자를 샀으니 기분 최고다.

물건을 살 때 실물을 직접 보고 내 마음에 쏙 든다면 묻지도 따지지도 않고 샀겠지만 온라인으로 물건을 살 때는 후기와 디자인과 실용성을 아주 꼼꼼하게 따진다. 오래 사용해야 하는 물건일수록 더 비교분석하는 스타일이다. 그렇게 따지고 산 의자라 두 번째 구매는 망설일 필요도 없이 재구매 했다. 나는 물건이 가격대비 좋다면 판매자와 구매자 모두에게 도움이 되라고 후기를 자세히 적는다. 이 의자도 후기를 적었더니 조회 수가 100회를 넘었다고 문자가 날아왔다. 가끔 어떤 분들의 후기를 보면 10000원으로 물건을 사고 100000원의 기대치로 후기를 적는 분이 있는데 그건 아니라고 본다. 그런 큰 기대를 한다면 100000원을 주고 물건을 구입 후 그런 후기를 남겨야 한다.

　재구매 후 배송된 상자를 풀었다. 설명이 잘되어 있어서 조립하는 데 5분이면 충분하다. 완성된 후 정면, 옆면, 앞면 모두 자세히 살펴보고 사진을 찍었다. 군더더기 하나 없는 외모를 후기에 올리기 위해서다. 저렇게 완벽한 외모를 가진 의자가 내 것이 되고 나니 미처 발견 못했던 불편함이 있다. 머리받침대가 키가 큰 사람들에게 맞춤이라는 걸 알았다. 이건 내 생각이다. 나의 입장에서 그 부분 시작점이 목 끝부분부터 올라가면 목이 훨씬 편할 것 같았다. 다른 부분은 완벽하게 나에게 맞춤이고 만족한다. 이 의자를 좋아하는 사람으로서 사장님께 말씀드린다면 두 가지 버전으로 출시된다면 대박 날 것 같다.

하나, 키 크고 덩치가 있는 분을 위해서 앉는 부분 사이즈를 넓히는 것

둘, 키 작고 왜소한 사람을 위해서 머리 받침대를 낮추는 것

참고로 나는 키 160cm에 몸무게 50kg이고 두 번째 사이즈를 원한다. 이렇게 만들면 불티나듯 팔릴 것 같다. 덩치가 있는 분은 머리 받침대는 맞을 것 같지만 분명 앉는 부분은 좁아서 사이즈가 작다는 후기를 쓸 것이라 생각하고 실제로 많은 의자에서 사이즈가 작다는 후기를 봤다. 회사대표나 회사측에서 물건에 대한 자부심과 애정이 있다면 물건을 판매한 후 올라오는 후기를 자세히 보고 다시 만들 때는 그것을 참고해야 한다. 그래야만 성장할 수 있다. 그런 대표가 우리나라에 몇 사람이나 될까? 의자 하나 사면서 별생각을 다한다. 코로나 19의 긴 시간을 극복하기 위해서 의자를 샀고 나는 95% 대 만족이다.

이 의자에 앉아 강의준비도 하고, 강의 콘텐츠도 개발하고, 공부도 하고, 책쓰기도 할 것이다. 오래 함께 하기를 바라며 편안한 의자를 만들어 주신 분께 감사를 전한다.

환경을 생각하며

이제 우리가 가장 관심 가져야 할 문제는 환경문제이다. 뉴스로 심심찮게 들리는 바다의 오염은 심각함을 넘어 경악할 정도다.

얼마 전 영국의 한 해변에 떠밀려온 향유고래 사체의 뱃속에서 플라스틱 100kg이 나왔다니 믿지 못하겠지만 사실이다. 그 속에는 밧줄, 플라스틱 컵, 포장용 줄, 장갑, 배관 등이 나왔다. 또 바다거북의 항문에서 비닐봉지가 빠져나오는 장면을 보기도 했다. 이뿐만 아니라 우리가 버린 플라스틱제품은 고농축 독성물질로 변하고 그것을 바닷속 생물들이 섭취한다. 최근 통계에서 대서양의 물고기 중 70% 이상 미세플라스틱을 섭취하고 있다고 알려졌고 이 물고기들은 우리의 입으로 들어간다. 결국, 우리가 버린 플라스틱을 우리가 먹는다.

코로나 19로 우리는 환경문제에 더 관심을 가지게 되었고 이 문제들이 우리에게 얼마나 큰 영향을 미치는지 실감하게 되었다. 나는 몇 년 전부터 환경문제에 관심을 가지고 작은 것부터 실천하고 있다. 장바구니를 항상 가방 안에 넣어 다니거나 미용비누 하나로 세수와 머리 감기, 몸 씻기까지 깔끔하게 해결한다. 시간과 돈이 절약되고, 환경을 생각하고 산다고 생각하면 자존감까지 올라간다.

얼마 전 세계자연기금(WWF)의 연구결과에 의하면 우리 인간도 1

인당 매주 신용카드 한 장 분량의 미세플라스틱을 먹는다고 한다. 100kg의 플라스틱을 뱃속에 넣고 다닌 향유고래와 다른 점이 뭐가 있겠는가? 단지 눈에 보이지 않을 뿐이다.

　이 끔찍함을 극복해 보고자 주방 세제와 욕실에서 사용하는 세제부터 바꿔 보기로 하고 직접 만들기로 했다. 인터넷을 뒤져 가장 간단하고 쉽게 만드는 방법을 찾아보았다. 정확하게 그 방법을 적어 놓은 곳이 많지 않다. 만드는 방법을 설명한 곳은 있으나 비율이 없는 곳, 이런 곳은 수강신청을 목적으로 둔 곳이다. 많은 사이트를 비교해 보고 나름의 방법을 찾아 주방세제 첫 도전을 해보기로 했다.
　재료는 유화제와 식용유, 커피찌꺼기만 있으면 된다. 온라인으로 한방 EM 유화제를 사고 식용유는 가장 저렴한 것으로 샀다. 계량기가 없어서 컵으로 계량했다. 식용유와 유화제를 5대2의 비율로 넣고 저어주었다. 이 때 도깨비방망이 같은 블렌더가 있으면 좋은데 없어서 걸쭉해질 때까지 저어야 하니 힘들었다. 그래서 온도를 약간만 올려서 저어주면 빨리 될 것 같아 가스 불에 올리고 빠르게 저었더니 금방 걸쭉해졌다. 그 상태에서 커피찌꺼기 반 컵을 넣고 준비한 모형에 넣어주면 끝이다. 나는 몰드가 없어서 빈우유곽과　빈죽통에 부었다.
　초간단 주방비누 만들기다. 세탁비누로도 가능하다. 내가 만든 비누의 세정력에 깜짝 놀랐다. 집안 살림을 해온 지 30년 동안 이렇게 강력한 주방세제는 처음 본다. 30년 전 결혼할 때 사온 볼에 재료를 담아두고 저었다. 다 담고 나머지로 그 볼을 닦았는데 일반 주방세제로 절대 닦이지 않던 30년 묵은 때가 싹 다 닦여져 반짝반짝 윤이 났다. 놀랍다.

이 기세를 몰아 세안비누도 만들었다. 비누베이스와 몰드를 사고 다른 재료는 집에 있는 걸로 사용했다. 비누베이스를 중탕해서 녹이고 어성초가루와 호호바오일, 히알루론산과 꿀, 비타민을 넣고 섞어서 몰드에 넣고 굳혔더니 시중에서 파는 어성초비누가 되었다. 맥주효모를 넣은 비누도 만들었다. 만든 비누로 바로 머리를 감고 샤워도 했다. 평소에는 당김이 있었는데 아주 부드럽고 촉촉하다. 샤워 후 기분이 좋아 괜히 팔과 다리를 어루만지기도 했다. 그동안 이렇게 좋은 것에 왜 눈감고 살았는지 코로나가 참 많은 것을 가르쳐준다.

건강과 환경을 생각하니 이렇게 간단하고 쉽게 비누를 만들 수 있다. 앞으로는 주방비누와 세안비누 등 모든 비누는 직접 만들어 사용할 생각이다. 나의 잠깐의 수고로움이 지구를 살리고 나의 건강을 살릴 수 있다니 기분이 좋아진다.

인터넷을 뒤져가며 자료를 보고 비누 만들기에 도전했다. 보이지 않는 많은 분들의 정성에 감사하고 무모한 나의 도전하는 용기에도 감사하다. 환경을 위해 자신의 수고로움을 아끼지 않는 모든 분들에게 감사를 전한다.

Thank you

그럼에도 불구하고 감사하기

먼저 웃고 사랑하고 감사하자!

감사는 나를 살게 하는 힘
감사를 많이 할수록
행복도 커진다는 걸 모르지 않으면서
그 동안 감사를 소홀히 했습니다.

먼저 웃고
먼저 사랑하고
먼저 감사하자

그리하여 나의 삶은
평범하지만 진주처럼 영롱한
한 편의 시가 될 것입니다.

– 이해인 수녀님의 향기로 말을 거는 꽃처럼 중에서 –

Part

05

제 5 장

그럼에도 불구하고
감사하기

맛난 음식에 감사하기

0

차와 와인 만들기

한가한 시간에 가만히 있지 못하고 자꾸 무엇인가를 만들게 된다. 차와 와인을 만드는 과정을 블로그에 올렸더니 한 분이 코로나가 나를 주부 9단으로 만들었다는 댓글을 달았다. 피식 웃음이 난다. 살림에 관심이 없던 나를 살림꾼으로 만든 게 그분의 말처럼 코로나가 맞다.

요즘 나의 가장 큰 관심은 내가 먹는 음식이고 특히 차와 와인 만들기에 집중하고 있다. 집에 있는 시간 대부분은 차를 마신다. 하루에 한 잔의 커피와 여러 종류의 차를 쉬지 않고 마신다. 차를 마시면서 직접 만들어 보고 싶다는 생각이 들었다. 청과물 가게에서 레몬 10개를 사 왔다. 레몬은 소금으로 먼저 빡빡 문질러 씻은 후 베이킹소다로 다시 씻어야 농약이 제거된다. 씻은 레몬을 슬라이스 한 후 씨를 빼고 설탕과 섞어서 소독된 유리병에 담아두면 끝이다. 씻는 과정이 복잡하긴 하지만 아주 간단하게 레몬청을 만들 수 있다. 아이들이 매일 레몬에이드를 만들어 한 잔씩 마시며 얼굴 가득 환한 미소로 엄지 척을 하는 모습에서 아이도 행복하고 나도 행복하다. 레몬청 하나가 아이들과 나의 소통도구가 된다. 나는 큰딸이 선물한 꽃무늬 찻잔에 노란 레몬을 하나 띄워서 따뜻한 차로 마신다. 보는 것만으로도 예쁜데 상큼한 맛과 향에 취한다.

와인도 직접 담가 보기로 했다. 나는 술을 좋아하지 않지만 와인은 가끔 마신다. 포도 두 박스를 샀다. 포도 역시 씻는 과정이 가장 중요하다. 베이킹소다를 푼 물에 포도를 20분 동안 담가두었다가 깨끗하게 씻은 후 물기 없이 말린다. 그리고 볼에 포도와 설탕을 넣고 빡빡 주물러준다. 비율은 10:1이다. 설탕이 많으면 발효가 잘되지 않고 적으면 식초가 될 확률이 높아서 포도와 설탕 비율을 잘 조절해야 한다. 유리병을 끓는 물에 소독하고 주물러준 포도를 병에 담는다. 발효과정에는 뚜껑을 살짝만 닫아주고 하루에 한 번씩 저어준다. 1주일 후쯤 찌꺼기만 걸러주면 와인이 완성된다. 술이 들어가지 않았는데 와인이 만들어 진다는 것이 신기하다.

내가 좋아하는 와인 맛이다. 달지 않고 약간의 텁텁한 맛과 신맛이 어우러진 맛, 한 마디로 환상적인 맛이다. 내 손으로 내가 원하는 맛의 와인을 만들었다는 것에 놀랐다. 맛에 반해 저녁식사 시간에 와인을 한 잔씩 마신다. 얼마 전 지인을 초대하여 저녁식사를 함께했다. 그 때 함께 와인을 마셨는데 와인색깔과 맛에 칭찬을 아끼지 않았다. 자신이 좋아하는 맛이라며 어떤 와인보다 맛있다고 말하며 감탄사를 쏟아냈다.

와인 맛에 반해 두 번째 포도와인과 사과와인도 만들었고 레몬청도 만들었다. 레몬청과 와인에 탄력을 받아 비트차 만들기에 도전했다.

우연히 비트가 혈관에 좋다는 말을 듣고 비트차를 만들기로 했다. 나이 들면 혈관에 문제가 생겨서 병이 생기는 경우가 많다. 건강은 건강할 때 챙겨야 한다. 나는 더 세월이 흐른 후 건강하고 아름다운 할머니가 되는 것이 희망사항이다. 그 꿈을 위해 비트차를 직접 만들어 마시기로 했다. 비트를 깨끗하게 씻어서 햇볕에 닷새를 말렸다. 수분이 완전히 제거되지 않아서 에어프라이어의 가장 낮은 온도인 80도에서 8분을 구웠다. 구운 비트는 반은 가루를 내고 반은 그대로 병에 넣어 두었다. 투명한 유리잔에 비트를 넣고 따뜻한 물을 부으면 비트의 자주색이 물에 서서히 퍼져나가는 아름다움을 볼 수 있다. 색깔이 정말 예쁘고 맛은 구수하다. 요즘 가장 좋아하는 차는 비트차고 종일 비트차를 마신다. 예전에는 아침에 눈을 뜨면 생수를 마셨지만 지금은 비트차를 마신다. 비트는 나의 최애식품이 되었다.

차를 만들고 와인을 담는 과정은 생각보다 시간과 정성이 많이 들어간다. 그런데 이 과정을 즐기는 이유를 생각해봤다. 특별한 이유보다 엄마를 닮아서다. 나이 들수록 모든 면에서 엄마를 닮아간다. 엄마는 제철 과일과 채소로 청을 담그신다. 아버지가 돌아가시기 전에는 매년 포도주를 담그셨다. 엄마가 하시는 모습을 직접 보고 듣고 체화된 것이 자연스럽게 나오는 것이 아닐까 생각한다.

50대인 지금 아름답게 나이 든 나의 모습을 생각하면서 먹는 음식에 신경을 쓰고 있다. 조금만 신경을 쓰면 가까운 곳에서도 쉽게 구할 수 있는 음식재료를 제공해 주시는 모든 분들에게 감사한 마음을 전한다.

물 없는 오이지 담기와 밥도둑 오이무침

나는 가끔 내 손에서 벗어나는 대책 없는 행동을 할 때가 있다. 그것이 하지 말아야 할 행동은 아닐지라도 내가 하기 힘든 일이 분명한데 일을 크게 벌인다. 오늘은 그 일이 오이지 담기다. 오이지를 담가 본 적이 없는 생초보가 물 없는 오이지를 담가보겠다고 오이 20개도 아니고 100개를 샀다. 우리 집에 오이지를 먹는 사람은 단 한 사람, 나뿐인데 말이다.

물 없는 오이지를 담가보고 싶은 마음을 가진 것은 7년 전에 구리시 평생교육원에서 강의할 때 어떤 분이 맛있는 오이지라고 꽤 많은 양을 선물해 주셨다. 그렇게 맛있는 오이지는 처음 먹어봤다. 가끔 시장에서 사먹는 오이지 맛과는 차원이 달랐다. 아삭아삭하고 달지 않지만 적당한 단맛이 나는 이 오이지 맛에 빠져 언젠가는 꼭 한 번 담가보리라 마음먹었다. 집에 와서 오이지를 먹은 후 다음 강의 때 오이지레시피 설명을 들었고 7년이란 세월을 묵혀 두었다가 드디어 담근다.

마트에 가서 필요한 재료들을 샀다. 오이 100개와 물엿 5kg, 담금 소주 1L, 소금 한 봉지를 샀다. 방법은 알지만 유튜브에서 물 없이 담는 오이지를 찾아서 방법을 다시 확인 후 그대로 따라 했다.

먼저 오이는 굵은 소금으로 살살 문질러서 물기를 쫙 뺀다. 그 후 큰 통을 준비하고 오이 한 층을 깔고 소금을 두 줌씩 뿌리고 물엿을 부었다. 오이 100개를 같은 방법으로 채운다. 차곡차곡 채운 오이 위에 소금을 넉넉히 뿌리고 물엿을 다 붓는다. 마지막에 소주를 600mL정도 부었다. 그리고 공기가 통하지 않게 큰 비닐을 두르고 묶어주었다. 하루 지나면 물이 오이를 덮을 만큼 찬다. 이때 오이의 위치를 바꾸어 준다. 난 하루 동안 오이가 궁금해서 수시로 와서 관찰했다. 물이 많아지면서 오이의 부피는 줄었다. 빈 공간이 많이 생기니 누름돌을 올려주어야 하는 데 없으니 빈 통에 물을 가득 담아 빈틈없이 덮어주었다. 4일째 되는 날 물기를 쫙 빼고 건졌다. 매끈하게 잘 생긴 오이, 올여름 나의 입맛을 사로잡을 오이지다. 김치통에 넣으니 안성맞춤 딱 한 통이다.

6개를 흐르는 물에 한 번 씻은 후 썰어서 베보자기에 싸서 물기를 꼭 짰다. 고춧가루, 다진 마늘, 깨소금, 참기름, 매실엑기스, 설탕 약간 넣고 조물조물 무쳤다. 밥도둑이 따로 없다. 완전히 대성공이다. 7년 전 수강생이 준 오이맛과 비슷하고 아주 맛있다. 맛이 없으면 나 혼자 다 먹으려 했는데 맛이 있으니 지인과 이웃에 나누어 주었다. 오이지를 받는 분도 즐겁고 주는 나도 즐겁다. 여러 곳에 나누어 주니 얼마 남지 않았지만 나누어 주는 행복이 얼마나 큰지 새삼 느낀다.

겁 없이 오이를 담그면서 그 옛날 나에게 오이지 맛을 느끼게 해 주신 수강생이 생각나서 마음으로 감사를 전했고, 완전 생초보가 담근 오이가 맛나서 이웃과 나누어 먹을 수 있어 감사하다. 또 올여름 생수에 오이지 썰어 넣고 얼음 몇 개 동동 띄워 먹을 생각하니 오이지 담근 수고로움은 다 사라지고 감사함만 가득 넘친다.

백종원의 맛남의 광장 챌린지

백종원은 은근히 매력적이다. 집에 TV가 없고 보고 싶은 프로그램은 Wavve를 통해서 보기에 백종원이 나오는 프로그램을 일부러 챙겨 본 적은 없다. 채널을 돌리다 우연히 본 맛남의 광장에서 그가 가지는 사회적 관심에 나의 관심이 그에게로 향했다. 그는 요리하는 사람에 맞게 자신의 방법으로 시청자들을 사회문제 속으로 끌어와서 함께 할 수 있게 만든다.

상품성 없어서 판로가 막혀 버릴 수밖에 없는 농산물로 농부들의 한숨이 깊어졌을 때 백대표는 농부의 고민을 진심으로 공감하고 함께 하려 했다. 그 모습이 그가 사회를 바라보는 시선이고 그의 삶의 태도임을 알 수 있다. 그 일에 함께 동참한 신세계그룹 정용진부회장과 오뚜기그룹 함영준회장도 고맙다.

백종원이 정용진부회장에게 전화로 상품성이 떨어지는 못난이 고구마와 감자를 팔아 달라고 부탁했다. 정용진 회장은 고구마와 감자를 사들여 신세계 계열 회사에서 판매를 했고, 자신의 SNS에 요리 사진을 올리며 홍보했다. 대그룹 부회장의 신선한 모습에 나도 이마트에 고구마를 사러 갔지만 다 판매된 후라 살 수가 없었다.

맛남의 광장에 완도의 대표 수산물 다시마도 등장했다. 다시마의 소비 부진과 코로나19로 인해 판로가 줄어 2천 톤의 건다시마가 쌓여서 어민들의 피해가 심각한 상태였다. 백종원은 오뚜기 함영준회장과 통화를 했고 함회장은 흔쾌히 다시마가 들어가는 라면에 두 배로 넣어서 팔겠다고 약속했다. 정부회장도 함회장도 생산자들의 아픔을 공감하는 CEO로 시청자들에게 호감을 주었고 회사의 이미지도 함께 상승했다. 이것이 바로 상호 성장하는 관계다. 문제 해결을 함께 하려는 CEO들도 대단하지만 선한 영향력에 동참한 모든 분에게 박수를 보낸다. 백종원이 어려운 상황을 알리면 바로 그 물건이 동이 난다. 코로나로 힘든 시대에 정을 나누는 모습이 따뜻한 위로를 준다.

나도 백종원의 맛남의 광장 챌린지에 함께 하고 싶었다. 이번에는 가지와 느타리버섯이다. 우림시장에서 2500원을 주고 반 상자를 샀다. 양이 엄청나게 많다. 가지도 2개 1000원이다. 둘 다 너무 저렴해서 사면서도 농부들에게 미안한 맘이 든다. 이렇게 팔면 남는 게 있을까 싶다.

가지로 고급요리를 할 수 있지만 나는 가지나물무침이 제일 좋다. 데친 후 찢어서 갖은 양념 넣고 조물조물 무치면 엄마의 손맛까지는 아니지만 추억과 함께 먹는 맛이 최고다. 느타리버섯은 평소에는 느타리버섯을 계란 옷 입혀서 전을 만들어 먹지만 오늘은 느타리버섯과 양파, 당근, 매운 고추 등을 잘게 썰어서 계란을 풀고 한 숟가락씩 넣어서 고급 전을 만들었다. 버섯전은 평소에도 자주 해 먹는 반찬이다.

가지나물무침과 느타리버섯전을 블로그에 올렸다. 요리를 못 할 것 같은 내가 이 둘을 올리자 요리를 잘한다는 댓글이 달렸다. 난 요리를 잘하는 사람이 아니다. 백종원 프로젝트에 동참하고 싶어서 요리를 했는데 칭찬을 해주니 어깨가 으쓱해지고 기분 좋다. 백대표는 행복한 상호작용을 할 수 있게 만들어 주는 장본인이다.

내가 백종원을 좋아하는 진짜 이유는 따로 있다. 요리는 백종원을 중심으로 전후로 나눌 수 있다.

'요리는 특별한 사람들이 하는구나!'
'요리는 어려운 것이구나!'

그가 나타나기 전에는 요리는 특별하고 어려운 것으로 생각했다. 백종원의 등장은 사람들이 요리에 대해 누구나 할 수 있는 것이란 인식의 전환을 가져오게 했다.

'요리는 쉬운 것이구나!'
'나도 할 수 있겠다.'

바로 요리의 대중화에 앞장선 사람이 백종원이다. 나 같은 요리에 젬병인 사람도 백대표의 요리하는 모습을 보면 쉽게 따라할 수 있고 요리 하는 것이 즐겁다.

우리사회는 앞서 가는 사람이 있어서 성장한다. 이분들이 사회문
제에 관심을 가지고 긍정적인 변화를 이끌어 내고 있으니 힘들이지
않고 따라가면 된다. 선구자의 역할을 하는 분들에게 감사의 마음을
전한다.

기억 하나

강의하러 갈 때나 올 때 7호선을 주로 이용한다. 7호선을 타고 상
봉역에 내려 2번 출구로 나오면 바로 과일과 채소를 파는 가게가 있
다. 처음에는 청과물가게 장소로는 적당하지 않은 곳이라 생각하고
장사가 안되면 어쩌나 걱정했는데 나만의 기우였다. 가격이 저렴하
니 손님들이 바글바글하다. 손에 물건을 들고 다니기 싫어하는 나도
몇 번 사간 적이 있다. 우리 동네 과일가게도 저렴해서 놀랐는데 우
리 동네보다 더 저렴하다. 지하철에서 나와 그곳을 지날 때는 의식
적으로 청과물 가게 쪽으로 눈이 간다.

"토마토 10kg 한 박스 7000원"

목청껏 외치는 소리에 자동으로 가게 안으로 들어갔다. 토마토가 작지만 단단하고 맛나게 보이는데 저 가격이 실화란 말인가? 믿어지지 않아서 금액을 확인했는데 7000원 맞다. 오늘 토마토가 특가 상품이란다. 바로 샀다. 너무 저렴해서 소비자로서는 고맙지만 농부에게 미안한 마음이 들었다. 이곳은 박리다매라 적은 이윤을 남기고 파는 곳이니 저렴한가 보다 하지만 농부들은 키운 시간과 노력이 있을 텐데 손해를 보고 팔지 않았을까 걱정도 됐다.

집에 도착하자마자 큰 그릇에 베이킹소다를 풀고 토마토를 넣어 20분 정도 담근 후 과일솔로 깨끗하게 문질러 씻고 물기를 뺐다. 상처 난 것 하나 없이 깨끗하다. 한 개를 먹어보니 엄청나게 맛나다. 먹으면서도 계속 미안한 마음과 감사한 마음이 교차한다. 10kg의 토마토는 한동안 나의 소중한 간식이 될 것이다.

나는 토마토를 맛있게 먹는 방법인 '추억의 맛'을 알고 있다. 요즘은 토마토를 썰어서 날 것 그대로 먹지만 아직도 내게 가장 맛있는 것은 엄마가 해주셨던 방법이다. 토마토를 썰고 그 위에 설탕 솔솔 뿌려 먹는 것인데 다 먹고 나면 설탕국물까지 남김없이 먹었던 그 맛, 가끔 그 맛이 그리워 토마토 위에 설탕을 뿌려 먹기도 한다.

글을 쓰다 보니 토마토에 얽힌 사연이 하나 떠오른다.

1980년대, 그 때 나는 20대였다. 외가 쪽 친척 가족이 집에 온 적이 있다. 그때 손님 접대하느라고 안하던 짓을 했다. 토마토에 설탕 솔솔 뿌려서 내놓으니 언니뻘 되는 그분이 거침없이 한마디 했다.

"촌스럽게 누가 이렇게 먹어. 소금에 찍어 먹지. 우린 설탕 뿌린 것 안 먹어."

지금이야 그렇게 안 먹지만 그 당시는 대부분 그렇게 먹었기에 나와 엄마는 눈을 마주쳤고, 어떻게 해야 할지 난감해할 때, 엄마는

"아이고, 요즘은 토마토를 소금에 찍어 먹나 보네."

하시면서 토마토를 썰어 소금과 함께 다시 내놓으셨다.

우리 집에서는 한 번도 토마토를 소금에 찍어 먹어본 적이 없어서 놀랐고, 거침없이 말할 정도로 서로 오가던 사이도 아니었는데 예의 없는 말버릇에 놀랐다. 그 당당함과 문화 충격은 어린 나에게 숨고 싶은 부끄러움을 느끼게 했다. 그들은 경제적으로 꽤 부유했고, 내가 살던 도시의 경찰서장의 아내와 자식들이라 평범한 우리와 다르게 먹고 사나 보다는 생각마저 하면서 말이다. 친척들이 가고 엄마는 토마토를 소금에 찍어서 맛을 보셨고 맛이 없다는 말과 함께 그

후로도 우리는 설탕 뿌린 토마토를 쭉 먹었다.

지금 생각하면 별일 아닌데 그 당시 부끄럼은 왜 모두 나의 몫이었을까? 토마토 하나에 별 생각이 다 떠오른다.

많은 양의 토마토를 말도 안 되는 가격으로 샀다. 토마토가 맛있기까지 해서 농부님께 미안하기도 감사하기도 하다. 다음에는 꼭 제 값 받고 파시길 바라며 맛나게 잘 먹겠습니다. 감사합니다.

치유의 숲

오늘 모임의 목적은 치유의 숲 탐방이다. 용인에서 오신 처장님과 김교수님, 원주사람 양교수님, 서울 사는 나, 네 사람이 남양주 치유의 숲에 가기 위해 모였다. 도착하니 점심때라 우리의 목적지 바로 앞에 있는 오리고기로 유명한 잣나무집에서 점심을 먹기로 했다. 잣나무집은 넓고 조용했다. 이곳 역시 코로나를 비켜갈 수 없었는지 그 넓은 곳에 우리 팀이 유일한 손님이다.

오리양념구이가 적당히 구워지고 채소무침을 곁들여서 먹으니 입에서 녹는다. 오리고기를 양껏 먹고, 밥 세 공기 볶아서 남김없이 싹싹 긁어먹었다. 이렇게 맛난 집인데 코로나로 피해가 심해서 손님인 내 가슴이 아픈데 주인장은 속이 말이 아닐 것이다. 식사 후 바리스타 양교수님께서 직접 챙겨온 원두로 커피를 내려주셨다. 맑은 공기 한 스푼, 좋은 분들의 향 한 스푼, 양교수님의 정성 한 스푼이 어우러져 어떤 바리스타의 커피보다 맛있는 아메리카노를 마셨다. 알뜰살뜰 커피를 챙겨 오신 양교수님께 진심으로 감사드린다.

배도 부르고 커피도 마셨고 평상은 보일러가 켜져 따뜻하고 식곤증이 몰려와 이곳에 누워 한숨 자고 싶었지만 바로 노동현장에 투입됐다.

처장님의 안내로 숲길을 걷기 시작했다. 시내와 가까운 곳이지만 사람들이 쉽게 올 수 있는 곳은 아니며 사유지라 숲이 우거져있다. 산길을 걸은 지 얼마 지나지 않아서 꿩 한 마리가 후다닥 날아갔다. 앉아있던 곳을 보니 알이 9개나 있었다. 알을 품고 있던 꿩이 인기척에 놀라 날아갔다. 미안하다. 또 얼마쯤 가다 보니 멧돼지 발자국과 배설물도 있었다. 이곳에 멧돼지가 있다고 생각하니 무서움과 신기한 마음이 동시에 들었다. 혹시 몰라 세 분에게 바짝 붙어서 움직였다. 세 분은 길을 만드느라 낫으로 나무를 쳐내면서 지나가고 나는 사진을 찍었다. 한참을 가다보니 정말 아름다운 광경이 펼쳐졌다. 날씬하고 키 큰 나무들이 하늘을 향해 곧게 쭉쭉 뻗어있는 숲이 나왔다. 여백의 미가 느껴지는 아름다운 풍광이다. 우리는 그곳에 잠시 멈추어 각자 숲의 아름다움을 만끽했다. 나는 긴 호흡으로 숲의 향을 들이마셨다. 숲의 푸름과 나무 향이 참 좋다. 나뭇잎 사이로 보이는 파란 하늘까지 아름다움의 극치다. 이 곳이 천국이다.

어두워지기 전에 내려온다고 정상까지는 가지 못했지만 치유의 숲이 분명하다. 앞으로 이 숲이 어떤 모습으로 변할지 무척 궁금하다. 치유의 숲은 사랑이 필요한 사람, 치유가 필요한 사람들에게 위로와 긍정적인 영향을 미칠 것이다. 이곳의 미래가 큰 그림으로 머릿속에서 그려진다. 치유의 숲이 완성되면 초석을 다지기 위해 탐방했던 오늘이 추억으로 남을 것이다.

오늘 함께 탐방한 이 시간이 나에게 큰 의미가 있을 것으로 생각하며 맛있는 한 끼 식사와 정성 가득했던 커피를 마실 수 있어서 감사하고 처장님과 두 분 교수님과 함께 보낸 재미난 시간 진심으로 감사하다.

고정관념에서 벗어나세요

여러분은 오늘 저녁 뭘 드실까?

난 혼자

닭발을 안주 삼아 와인을 마신다.

날씨도 꼬물꼬물, 맘도 꼬물꼬물

이 분위기에는 와인이 최고다.

향에 취하고 맛에 취하고

오늘따라 와인 향 끝내준다.

오늘따라 와인 맛 끝내준다.

와인에 닭발?

안 어울리는 조합이라 생각하시는 분?

지금은 융합의 시대다.

소주엔 닭발

와인엔 치즈

이런 고정관념 확 깨보시길 바란다.

와인과 닭발

얼마나 환상의 조합인지

여러분도 도전해 보시길

와인은 드라이한 와인을 추천한다.

혼자 와인을 마시는 시간은 사유의 시간이다.
많은 생각과 창의적인 아이디어가 반짝일 때가 있다.

와인과 닭발의 조합뿐만 아니라 세상 모든 것에 열린 생각을 한다
면 행복한 세상이 되지 않을까 생각하며 행복한 시간에 감사하다.

혼자만의 시간에 감사하기

0

혼자놀기 달인

중랑구로 이사 온 지 삼 년 반이 지났다. 구리시가 제2의 고향이라 생각했고 다른 곳에서는 살 수 없을 정도로 그곳을 사랑했다. 이곳은 스쳐 지나가기만 했지 내가 살게 될 것이라고 한 번도 생각한 적이 없다. 그런데 개인적으로 가장 힘든 시기에 이사를 결정했고 이 집을 보는 순간 묻지도 따지지도 않고 바로 계약했다. 작은 집이지만 창문 밖에 산이 있고 집 뒤에는 버스정류장이 있다. 서울 시내에 이런 풍광과 조건을 갖춘 집이 얼마나 될까? 나는 산자락에 살고 싶었다. 산을 품고 있는 곳에서 뿌리를 내리고 싶었다. 내가 가진 돈으로 이 집을 발견한 것은 큰 행운이었다.

주위의 좋은 자연환경에 비해 집은 초라하게 보였다. 그래서 실

내 인테리어를 하고 이사를 했다. 작은 창문은 큰 창으로 바꾸면서 전체 창틀 공사를 하고, 바닥과 베란다까지 아주 다른 집이 되게 공사를 했다. 작은 집은 이제 아늑한 삶의 터전이 되었고 내가 가장 좋아하는 공간이 되었다. 식구들이 하나 둘 분가를 하면서 남는 방을 작업실로 만들었고 '미애가 공부하는 방'의 뜻을 담은 '애당'이라 이름 붙였다. 아침에 눈을 뜨면 이불속에서 뭉그적거리다 할 짓다하고 애당으로 출근한다. 강의가 있는 날은 강의 후 강의가 없는 날에는 하루 종일 소파에 앉아 계절의 변화를 여유롭게 관찰하고 즐긴다.

작업실 창문 밖의 자연은 눈길만 보내면 나를 유혹한다. 이른 봄에는 앙상한 가지에 연한 새순이 돋아나 세상을 연둣빛으로 물들이고, 개나리와 철쭉을 비롯해 이름 모를 꽃들이 순서를 정해 피고 지기를 하면서 봄의 축제를 펼친다. 오월의 풍경은 또 어떤가? 네모난 창으로 보이는 온 세상이 초록이다. 초록의 나뭇잎 사이로 보이는 파란 하늘은 나의 모든 잡념을 단박에 사라지게 한다. 가만히 쳐다보기만 해도 나를 빨아들인다. 오늘같이 비 온 뒤의 맑음과 살랑바람에 흩날리는 나뭇잎 사이로 보이는 하늘은 내가 가장 좋아하는 풍광이다.

그 속에 몰입되어 있으면 온갖 새의 울음소리가 애당을 에워싼다. 숲속 어딘가에서 들려오는 가늘고 선명한 호로록호로록, 짧고 청명

한 새 울음소리에 귀를 쫑긋 세우고 그 울음을 좇아가기도 한다. 초록이 점점 짙어지고 녹색의 밀림이 되어 가는 여름은 내가 가장 좋아하는 빛깔의 계절이다. 이때의 짙은 녹음은 나의 심신을 편안하고 평화롭게 만들고 따가운 햇볕 사이에서 살랑살랑 불어오는 바람은 한 줄기 빛과 같이 시원함을 준다. 가을의 울긋불긋한 단풍은 봄의 화려함과 다르다. 모든 것을 내려놓게 하는 성숙하고 차분한 아름다움에 빠지는 순간 그 분위기와 여유로움이 나를 흠뻑 적셔 놓는다. 기쁨도 잠시 나무의 생명은 다 끝난 듯 낙엽이 되어 떨어지는 11월, 앙상한 가지만 남은 늦가을의 풍경에 인생무상을 느낀다. 50대인 나의 인생을 돌아보게 하는 사유의 시간이 되기도 한다. 그러다 눈 내리는 겨울이 오면 하얗고 예쁜 눈꽃으로 나의 탄성을 끌어낸다. 나를 넋 놓게 하는 바깥 풍광은 운 좋은 날에는 다람쥐가 나무에서 또 다른 나무로 폴짝폴짝 날아가는 신기한 모습을 보여 주기도 한다.

아름다운 애당에서 나는 혼자 놀기의 달인이 된다. 음악을 틀어놓고 바깥 풍광을 바라보며 멍을 때리기도 하고, 글을 쓰기도 하고, 차를 마시기도 하고, 인터넷 서핑을 하기도 한다. 또 내가 좋아하는 에티오피아 예가체프 커피를 내려 마시기도 한다. 그러다 바깥 풍광이 미치도록 나를 유혹하면 재빠르게 집을 나선다.

나는 초록나무를 바라보면서 다른 사람이 되었다. 이사 오기 전에는 자주 지인들과 남양주 근교로 점심을 먹으러 다녔고, 저녁에는 집근처 단골 술집 구석에 박혀 술을 마시며 수다를 떨었다. 그 생활이 어느 순간 버거웠고 빨리 그 생활을 정리하고 싶었다. 그러나 지인들의 호출을 거절하기가 힘들어 그 생활을 이어 갔고 한계가 왔을 때 이사와 동시에 모든 것이 정리되었다. 이제 나의 원형의 성격에 집중할 수 있고, 창밖에 펼쳐진 자연의 신비를 보며 마음의 평온상태를 유지한다.

이곳에 이사 온 후 가능하면 지인들을 우리 동네에서 만났고, 식사 후에는 애당에서 커피를 마시며 수다를 떤다. 모두 커피잔을 든 채 아름다운 산자락의 풍광에 열광한다. 20세기 마지막 레트로 감성이 살아있는 나의 동네, 오월의 세상은 초록으로 뒤덮여 있다. 창밖으로 몸을 향한 채 두 눈을 꼭 감았다. 새소리와 바람소리에 흔들리는 나뭇잎 소리, 옅은 나무향이 나를 휘감는다.

혼자만의 이 순간은 오로지 나 자신을 위한 시간이다. 누구에게도 간섭받지 않는 이 시간이 허락된 것에 감사하고 초록의 풍광을 즐길 수 있는 자연에 깊은 감사의 마음을 전한다.

길 위의 예쁜 것들

지인과 점심을 먹기로 했다. 약속장소에 일찍 도착하여 여유로운 시간에 혼자 시골길 산책에 나섰다. 비닐하우스 꽃집 앞에 아기자기 모여 있는 다육이를 보고 걸음을 멈추었다. 한참을 다육이와 꽃을 구경하다 주위를 둘러봤다.

한적한 시골길 작은 바위 옆에 플라스틱의자 하나가 무심히 놓여 있다. 잘 꾸며놓은 카페 못지않은 분위기다. 누군가 길을 가다 피곤한 몸 쉬어가라는 배려의 의자인 듯하여 살며시 앉아 주위의 풍광을 바라본다. 초록의 평화로움이 내 마음으로 들어왔다. 낡은 의자에 앉았을 뿐인데 세상을 다가진 듯 행복한 이 느낌은 어디서 오는 걸까? 그 옆에는 따뜻한 봄 햇살을 받아서 몽골몽골 부드러워진 흙을 뚫고 핀 작은 들꽃이 수줍게 피어있다. 흙과의 조화가 예뻐 사진 한 장 찍는다. 맞은편에는 긴 테이블과 의자가 놓여있다. 좋아하는 사람끼리 저곳에 앉아 수다를 떨면 딱 좋을 분위기다. 이 아름답고 평화로움과 어울리는 시 한 편이 떠오른다.

이도 저도 마땅치 않은 저녁
철 이른 낙엽 하나 슬며시 곁에 내린다.

그냥 있어볼 길밖에 없는 내 곁에
저도 말없이 그냥 있는다.

고맙다.
실은 이런 것이 고마운 일이다.

- 김사인의 조용한 일 -

시인의 마음처럼 말없이 그냥 내 곁에 있는 것만으로도 고맙다. 맑은 공기와 여유로운 분위기, 아름다운 풍광, 말로 표현할 수 없는 이 온화한 분위기가 참 좋다. 이 길은 내가 사랑하고 즐겨 찾던 곳이다. 한동안 덕소를 지나 팔당댐을 거쳐 양수리, 양평, 두물머리를 하루가 멀다고 다녔던 적이 있다.

가족과 드라이브 다녔던 길
지인들과 점심을 먹으러 다니던 길
빗속을 뚫고 남한강 변에 차를 세워놓고 혼자 분위기 잡던 길
추억이 고스란히 담긴 길이다.

내 젊음이 있고 사랑이 있고 우정이 남아 있는 곳이다. 언제나 아

련한 추억이 담겨 있는 곳, 내가 좋아했고 앞으로도 좋아할 곳이고 영원히 잊지 못할 추억의 장소다. 잠깐 추억에 빠져 있는 사이 지인이 도착했다. 꿈에서 깬 듯 일행에 합류했다. 잠깐의 평화로움 속에서 옛 시절을 떠올리며 여유와 행복을 즐겼다.

추억이 있다는 것은 얼마나 큰 축복인가? 추억 속에 함께 했던 모든 이를 기억하며 감사함을 전한다.

동네 한 바퀴

비가 오고 바람이 분다. 창밖을 한참 바라보았다. 바람 따라 이리 흔들리고 저리 흔들리는 나뭇잎을 보니 내 마음도 나뭇잎 따라 흔들린다. 오늘 종일 글을 쓰려고 했는데 물 건너갔다. 글 쓰는 것을 포기하고 밖으로 나갔다. 걸어서 홈플러스까지 가서 쇼핑하고 우림시장에 갔다. 울적해진 마음을 푸는 데 시장만 한 곳도 없다.

"복숭아 8개 5000원!"
"신선한 오징어 3마리 10000원"
"전복 8개 10000원"

목청껏 외치는 소리에 본능적으로 그 주위로 사람들이 모여든다. 나도 고개를 삐죽 내밀었다 발걸음을 옮겼다. 저렇게 목이 터져라 외치는 삶의 현장을 보면 잠시 우울했던 마음이 흔적도 없이 사라진다. 사람냄새 풀풀 맡고 다니다 보면 어느새 생각이 정리되고 기분도 좋아진다. 우림시장은 꽤 큰 시장이다. 입구에서 끝까지 구경하다보면 볼거리도 많고 살 것도 많다. 자세히 살펴보면 없는 게 없다.

시장이 좋은 이유는 또 있다. 군것질거리가 많다. 돌아다니다 허기지면 혼자라도 눈치 볼 것 없이 군것질을 할 수 있다. 군것질 좋아하는 내가 그냥 지나칠 리가 없다. 시장 한복판에 있는 도넛가게에서 찹쌀도넛 2개 맛나게 사먹고 또 이곳저곳을 기웃거린다.

오늘 두 곳에서 장을 많이 봤다. 저녁에 먹을 와인도 한 병 샀다. 상봉동은 대형마트 홈플러스, 코스트코, 이마트가 트라이앵글 모양으로 위치해 있다. 쇼핑의 천국이란 얘기다. 이 세 곳에 저렴한 와인이 꽤 있다. 저렴하다고 맛까지 저렴하지 않다. 나는 아주 고급와인과 그렇지 않은 와인을 다 마셔봤지만 와인의 맛은 최고급 상품을 제외하고는 가격에 크게 영향을 받지 않는 것 같다. 물론 와인전문가는 완벽하게 구분하겠지만 나는 내 입에 맞으면 가격 상관없이 좋은 와인이라고 생각한다. 내가 좋아하는 와인은 약간의 떫은맛과 신맛을 가진 드라이한 와인이다. 와인은 거의 좋아하지만 단맛이 나는 와인은 내 취향이 아니라 마시지 않는다.

　동네 한 바퀴하면서 기분전환 제대로 했다. 저녁에 근사한 안주와 와인을 먹을 생각을 하니 기분이 더 좋아진다. 오늘 바람에 마구 흔들리던 나무를 보면서 김수영의 시 "풀"이 생각났다.

　풀이 눕는다.
　비를 몰아오는 동풍에 나부껴
　풀이 눕고 드디어 울었다.
　날이 흐려서 더 울다가 다시 누웠다.

　풀이 눕는다.
　바람보다도 더 빨리 눕는다.
　바람보다도 더 빨리 울고
　바람보다 먼저 일어난다.

　날이 흐리고 풀이 눕는다.
　발목까지 발밑까지 눕는다.
　바람보다 늦게 누워도
　바람보다 먼저 일어나고
　바람보다 늦게 울어도

바람보다 먼저 웃는다.

날이 흐리고 풀뿌리가 눕는다.

바람에 이리 흔들리고 저리 흔들리지만 바람보다 먼저 일어나고 바람보다 먼저 웃는다. 이 시의 장면이 코로나19와 맞서 싸우고 있는 우리의 모습 같다. 환경이 우리를 지배해도 결코 무너지지 않고 다시 바로 설 것이다.

오늘 바람이 삼키려는 나뭇잎을 보고 많은 생각이 들어 우울했지만 동네 한 바퀴하면서 뜨거운 삶의 현장에서 살아있음에 감사하다. 마음껏 걸을 수 있고, 볼 수 있고, 먹을 수 있어서 감사한 하루다.

중랑둘레길 산책하기

지독한 집순이가 집을 나섰다. 집 앞이 산이고 10여 분 걸어가면 아차산과 망우산의 중랑둘레길인데 집을 나서는 게 쉽지 않다. 그러나 코로나19로 모든 게 정지된 상태에서 답답한 마음을 정리하기 위해 둘레길을 걸어보기로 했다.

4월 총선을 앞두고 중앙선거관리위원회 선거연수원 국민소통선거

강연이 쭉 잡혀있었으나 할 수가 없었다. 잡혔던 강연은 취소되고 와서 해달라고 해도 하지 않았다. 사회적 거리두기를 실천하고 있고 강연을 했다가 혹시나 코로나19에 걸렸다는 방송이라도 나가는 날에는 선거연수원에 민폐를 끼칠까 봐 강연을 진행할 수가 없었다. 그래서 남아도는 게 시간인데도 집밖을 나간 적이 거의 없다. 오늘은 큰마음 먹고 산에 올랐다.

지금은 이곳에 잘 오르지 않지만 계획을 세우고 스스로 약속하면 매일 갔던 산이기도 하다. 이 산과 둘레길은 박인환, 이중섭, 한용운, 방정환 등 학교 다닐 때 교과서에 나왔던 분들의 흔적을 느낄 수 있는 곳이고 그분들을 좋아했던 시절을 떠올릴 수 있어 참 좋아하는 길이다. 계단을 올라 몇 걸음만 옮기면 '목마와 숙녀'의 박인환(1026~1956) 시인의 묘소 푯말이 보인다. 내가 태어나기 전에 돌아가신 분이지만 한때는 이 시를 달달 외웠고, 아름다운 시를 남기고 짧은 생을 살다간 박인환처럼 시를 쓰고 싶었던 적이 있었다. 시인이 되고픈 마음은 그 당시 누구나 한번 쯤 꿈꾸었을 것이다.

이 둘레길에는 내가 좋아하는 화가 이중섭의 묘가 있다. 그와 함께 호흡하고 산책할 수 있어서 이 길이 더 아름답게 빛나고 끌린다. 며칠 전 혼자 중랑둘레길을 오를 때 이중섭 묘에 찾아갔다. 이중섭의 묘는 그의 분위기가 남아있다. 비석도 그렇고 묘지 옆에 있는 소나무 한 그루가 감탄사를 연발할 정도로 아름답다. 이곳 망우산과 아차산을 통틀어 가장 예술적인 소나무라는 생각이 든다. 붉은빛이 나는 소나무가 꿈틀대며 하늘로 뻗어있는 나뭇가지의 모습이 예술, 그 자체다. 화가 이중섭의 에너지가 아직도 이곳에 흐르고 있다는 착각이 들 정도로 나무가 화가의 화풍을 닮았다. 그곳에서 벗어나 숲을 바라보면 다른 나무들과 확연하게 차이가 나고 더 눈에 띄고 아름다운 이중섭의 소나무를 바라볼 수 있다.

나는 어릴 때부터 그림을 그리며 살고 싶었고 화가들의 삶에 관심이 많았다. 지금은 꿈과 멀어진 삶을 살고 있지만 아직도 마음 한편에는 그 꿈을 간직하고 있다. 그래서 화가들의 작품 전시회를 자주 다녔고, 그들에 관한 책들을 미친 듯이 읽었다. 특히 이중섭, 천경자, 김환기, 김기창, 이응노, 박수근, 나혜석 등 근대 화가들의 그림과 그들의 삶에 관심이 많다. 이들에 관한 얘기는 밤을 새워서도 할 수 있다. 2월에 종로의 현대갤러리에서 한국 근현대인물화 전시회가 있었다. 좋아하는 화가의 작품이 한두 점씩뿐이라 아쉬웠지만 그들의 작품을 볼 수 있는 것에 감사했다.

쭉 둘레길을 걷다 보면 안창호, 한용운, 문일평, 조봉암, 방정환 등 많은 독립운동가와 역사적인 인물의 묘가 있다. 이분들이 일본으로부터 어떤 마음으로 나라를 지키려 했는지, 어떤 생을 살았는지 알기에 현재에 사는 나도 그분들의 마음을 지키려 노력한다. 독립운동가의 묘를 지나면서 최근 일본과의 관계에 대해 생각해 본다. 물론 모든 일본인이 우리나라에 대해 부정적으로 생각하지 않는다는 것은 안다. 그러나 그 일로 많은 국민들이 화가 났고 불매운동에 동참했다. 나도 함께했다.

"독립운동은 못했어도, 불매운동은 한다."

나는 사지 말아야 할 일본 물건과 가지 말아야 할 곳을 쭉 적어 냉장고에 붙이고 아이들에게도 부탁했다. 아이들은 엄지척하며 일본 물건 사지 않고 일본에 가지 않겠다고 약속했다. 중랑둘레길을 한 바퀴 돌면서 예술가와 독립운동가의 삶에 대해 사유하고 여러 가지들을 다짐했다. 돌아오는 길에 하늘을 올려다보니 초록나뭇잎 사이로 보이는 파란 하늘이 참 좋다.

아름다운 둘레길이 집 근처에 있고 더 아름다운 분들의 영혼이 함께하는 곳을 마음만 먹으면 산책할 수 있는 호사를 누리니 얼마나 감사한 일인가? 옛 시절의 추억을 꺼내며 둘레길을 산책할 수 있어서 감사하다.

아찔했던 추억을 떠올리며

집 앞에서 산개구리 한 마리를 발견했다. 정식 명칭은 북방개구리 이다. 오랜만에 그것도 집 앞에서 보는 개구리라니 놀랍고 신기하 다. 산개구리 앞에 앉아서 한참을 쳐다보고 사진을 찍어도 꼼짝을 하지 않는다. 이곳은 주차하는 곳이기도 해서 혹시나 차에 치일까 걱정이 되어서 나도 그놈이 움직일 때까지 꼼짝 않고 앉아있었다. 드디어 나의 존재를 알았는지 방향을 획 틀어 폴짝폴짝 뛰어가서 풀 숲에 숨는다.

나의 집 산자락에 있다. 낮에는 온갖 새들의 울음소리가 내 귀를 즐겁게 하고 요즘같이 비가 많이 오는 한여름 밤이면 산개구리 울음 소리가 온 집안에 울려 퍼진다. 산란기에 수컷의 울음소리라고 하는 데 확인한 바는 없다. 개구리 울음소리는 특이하게 단체로 한참을 울다가 단체로 뚝 그친다. 그러다 한 마리가 울기 시작하면 단체로 따라 울다 또 뚝 그치기를 반복한다. 한여름 밤 가만히 누워서 개구 리 울음소리를 들으면 깊은 산속 캠핑장에 온 느낌이 들면서 아이들 어린 시절이 생각난다.

막내가 5살 때 성당에서 양평으로 여름 가족캠프를 갔다. 15년 전 8월 첫 주 날씨도 지금 같은 장마철이었고, 비가 억수같이 오다 멈추기를 반복하던 그런 날씨였다. 첫날 저녁 6시 미사를 드리려고 모든 사람이 다 모였는데 아들이 보이지 않았다. 밖으로 나와 아들을 찾아 헤맸다. 계곡은 물이 철철 흘러넘치고 그곳을 이 잡듯이 뒤져도 아들은 흔적도 없었다. 미사는 중단되었고 많은 교우가 모두 흩어져 아들을 찾기 시작했다. 일부에서는 아이가 보이지 않는 것을 보니 계곡에 휩쓸려 갔다는 말이 들리기도 했다. 나는 찻길로 뛰어나가 지나가는 트럭을 세우고 아들의 인상착의를 말하며 혹시 그런 아이를 보지 않았는지 물었다. 기사님은 본 적 없다고 말했고, 나는 혹시라도 보시면 이곳으로 연락을 달라고 부탁을 드렸다. 혼이 나간 젊은 여자의 모습에서 기사님은 올라가면서 아이를 찾아보겠다는 말을 남기고 떠났다.

하늘이 무너지는 줄 알았다. 나는 이미 제정신이 아니었고, 당시를 생각하면서 글을 쓰는 지금도 끔찍했던 기억이 떠올라 울컥해진다. 나만 미친년이 된 것이 아니라 함께 캠프 온 모든 사람이 아이를 찾는 데 온 힘을 쏟았고 시간이 흐르면서 모두 지쳐있었다. 그때 내가 신신당부하고 보냈던 트럭이 이곳으로 오고 있었다. 그리고는 크게 외쳤다.

"아이를 찾았어요."

빨간 민소매 티셔츠를 입고 트럭에서 내리는 아들을 부둥켜안고 기사님께 머리가 땅에 닿도록 감사인사를 드렸다. 그리고 오열했다. 그때야 모두 안도의 한숨을 쉴 수 있었다. 아들에게 어디 갔느냐고 물었다.

"공룡 찾으러 산에 갔는데 공룡이 없어."

당시 공룡을 모으고 공룡에 빠져있던 아들이 너무나 천진난만하게 한 말이었다.

공룡을 찾으러 갔다지만 주위를 돌아보았을 때 아무도 없어서 아들도 아주 불안했을 것이다. 그날 밤 아들을 꼭 껴안고 침대에 누웠을 때 들렸던 개구리 울음소리가 그렇게 평화롭게 들릴 수 없었다. 그 울음소리를 지금 듣고 있다.

엄마를 지옥까지 갔다 오게 한 아들은 건강하게 잘 자랐다. 아무 탈 없이 잘 자란 아들이 고맙고 그때 자기 일처럼 잃어버린 아들을 한마음으로 찾아 준 성당교우들께도 감사드린다. 또 트럭기사님께 어떻게 감사의 마음을 전해야 할지 모를 정도로 감사하다. 그때 정신이 없어 전화번호 하나 받지 못했다. 따뜻한 밥이라도 한 끼 대접해 드리고 싶은데 그분과 연락할 방법이 없다. 혹시 기사님께서 이

글을 읽으신다면 꼭 연락해주시길 부탁드리며 진심으로 깊이 감사
드린다.

그럼에도 불구하고 감사하기

0

미니멀리스트는 소중한 것과 귀한 인연을 남기는 것

고등학교 때부터 미니멀라이프에 관심을 가졌다. 내가 아는 최초의 미니멀리스트는 법정스님이시다. '무소유'를 읽고 그분을 동경했고 그분처럼 살고 싶다는 생각을 했다. 아무것도 없는 여백의 법정스님 방이 부러웠다.

세월이 흐르고 결혼과 함께 미니멀라이프는 나와 거리가 먼 남의나라 얘기가 되었다. 나는 집을 꾸미기 시작했고 아름다운 집을 위해서 이것저것 물품을 사기 시작했다. 거실 전체를 서재로 만들어 책장을 맞춤 제작했고, 그것에 맞게 책을 꽉꽉 채웠다. 책장에 어울리게 1800cm나 되는 책상과 의자를 사고 식탁도 직접 디자인해서 세트로 주문 제작했다. 그러다 소파가 마음에 들지 않으면 소파를 새로 구입하고, 식탁이 지겨워질 때는 원목 좌탁을 구입해 분위기를 바꾸기도 했다. 집 꾸미기뿐만 아니라 옷도 원 없이 사 입었다. 한 번 쇼핑을 하면 왕창 사는 스타일이다. 구매 후 입지 않고 버리는 옷도 있었다. 그런 삶을 살다가 애들 아빠의 사업실패로 힘들어지면서 휴가 기간에 조용히 있을 곳을 찾아 불암산 아래에 있는 베네딕도 수도원에 1주일 머물다가 왔다.

까마득하게 잊고 지내던 단순한 삶이 그곳에 있었다. 내가 머물던 방에는 요와 이불 하나, 좌탁과 스탠드와 몇 권의 책이 전부였다. 정갈한 그 방에서 마음의 평화가 왔고 1주일을 고요와 침묵 속에서 잘 지내다 왔다. 그곳에 오시는 분들은 고요한 쉼을 찾아서 오신 분들이라 떠들거나 서로 말을 하는 것이 암묵적으로 금지되어 있다. 새벽 미사를 드린 후 책을 읽거나 글을 썼고, 해가 질 무렵에는 수도원을 산책했고, 가끔 불암산을 오르기도 했다.

그렇게 고요하고 정갈한 삶이 내가 원하던 삶인데 어쩌다 보니 물건과 사람에 둘러싸여 나의 의지와 전혀 다른 삶을 살고 있고 주위에 물건이 넘치고 사람이 많아질수록 머리는 복잡해졌다. 수도원을 다녀온 후 많은 것을 정리했다. 내가 원하던 단순한 삶으로 돌아가고 싶었다. 식탁과 책상과 의자를 정리했다. 책도 1/3을 정리했다. 그리고 몇 년 후 이사를 하면서 모든 책과 살림 도구와 옷까지 정리하고 이사를 왔다. 부엌에는 식구 수만큼의 그릇과 강의복 위주로 남기고 모두 처분했다.

　나에게 미니멀라이프는 물건만 해당하는 것이 아니라 사람과의 관계도 해당한다. 딴 의도를 가지고 접근하는 사람들이나, 만나서 불편하고, 만나고 온 후 후회되는 사람은 이제 만나지 않는다. 스트레스를 받으면서까지 인간관계를 할 필요가 없다고 생각한다. 사람 관계에서 미니멀리스트가 되어야겠다고 생각한 계기가 몇 가지 있다. 나에게 의뢰 온 강의가 시간이나 내용이 나와 맞지 않을 때는 지인들에게 연결도 많이 해주었고, 내가 소속한 기관에 지인을 소개도 해주었다. 놀라운 것은 그것을 고마워하는 사람이 있는가 하면 더 해달라고 괴롭히는 사람도 있고 심지어는 강사료를 나 몰래 더 올려 달라고 한 사람이 있어 강의 의뢰를 하신 분과 나를 난처하게 만든 경우도 있다. 어떤 분은 강사가 아닌데도 자기도 강사가 하고 싶다고 내가 진행하고 있는 PPT를 너무나 당당하게 통째로 달라고 하는 분도 있었다. 또 만나고 싶지 않지만 거절을 하지 못해 할 수 없이 나가서 만남을 이어갔던 적이 많았다. 관계가 정리되어야 하는 대상이 이런 사람들이다.

　내가 미니멀리스트가 되려고 노력한다고 해서 일본의 사사키 후미오처럼 집에 물건을 거의 두지 않거나, 유루리 마이처럼 아무것도 없는 집을 만들겠다는 의미는 아니다. 내 마음은 아무것도 없는 집에서 살고 싶으나 집안일과 업에 관한 편리한 문명까지 거부하겠다는 것이 아니다. 불필요한 것은 가지지 않겠다는 것이며 소중한 것만 남기겠다는 것이다.

지금도 나는 가끔 강의복을 쇼핑하고 산다. 그리고 내가 좋아하는 원목책상에 눈독을 들이고 찜 해놓고 살까말까 수없이 고민을 하고 있다. 이 고민과 함께 오늘은 뭘 처분할까 또 다른 고민을 한다.

소중한 것과 귀한 인연을 남기는 것이 미니멀라이프다. 고등학교 때 법정스님의 소유하지 않는 삶에 아주 강렬한 인상을 받았고 그것이 내 삶 전반에 깔려있다. 직접 뵌 적은 없지만 법정스님을 존경하고 그분의 영향력 아래 있는 것에 깊이 감사드린다.

변화에 적응하기

셀프 커트한 지 한 달 되었는데 다시 머리를 하고 싶었다. 다니던 미용실은 차를 타고 가야하고, 귀차니즘은 온 몸을 휘감고 머리는 하고 싶고 상반된 이 마음은 어떤 마음일까?

동네에서 머리를 하기로 하고 세수도 하지 않고 마스크만 쓰고 집을 나섰다. 길을 건너지 않고 가장 먼저 눈에 띄는 헤어샵에 가기로 나름대로 계획을 세웠다. 7분쯤 걸으니 미용실 배너가 하나 보였다.

그 건물의 위를 올려보니 2층에 헤어샵이 있었다. 이름도 개성 있고 제법 큰 미용실이라 잘할 것 같은 느낌이 들었다. 열펌 전문점인데 난 펌은 하지 않으니 컷을 잘하길 바라며 계단을 올라갔다. 생각보다 넓고 깔끔하다.

첫 방문 고객 10000원이다. 할인된 금액에 머리를 할 수 있으니 기분이 좋다. 나를 안내해주었던 분이 머리를 만지기 시작했다.

"어떤 머리 하실래요?"

17년 동안 한 원장님께 머리를 맡긴 터라 예약하고 자리에 가서 앉기만 하면 원장님이 계절에 따라 알아서 머리를 해주는 자동시스템에 길들어 있었기에 그 질문에 말문이 막혀버렸다. 내가 그동안 어떤 머리를 한 걸까?

보브스타일이 생각나 그 스타일로 해달라고 했다. 한참 머리를 자르다가 귀가 보여도 괜찮은지 물어서 괜찮다고 했다. 뒷머리는 보브스타일이라고 했는데 뒷머리가 너무 짧게 컷되고 있어서 한 마디 했다.

"뒷머리는 보브스타일 입니다."

완성된 머리는 완전히 짧은 남자 머리다. 보브스타일이라고 했는데 뒷머리가 너무 짧아 납작하다. 내가 원하는 스타일은 아니지만 17년 동안 한 분에게 머리를 맡겼으니 어떤 분이 머리를 해도 100% 만족은 못했을 것이다. 속상하지만 감수해야 한다. 내 게으름이 근본 원인이니 누구를 탓하겠는가?

이 상황에서 변하는 것은 없다. 내 머리를 한 디자이너는 중간에 머리를 어떻게 할 것인지 계속 질문을 했고 컷하는 속도와 가위질하는 상태는 숙련된 분이 아님을 이미 알아차렸다. 머리는 금방 자랄 것이고 그녀도 내 머리 컷을 통해서 더 성장할 것이다. 솔직히 머리가 맘에 들지 않는다. 그럼에도 불구하고 시원한 여름을 보낼 수 있을 것이라 생각하고 변화된 머리에 적응하기로 마음먹으니 한결 마음이 가벼워진다.

긴장상태에서 컷했을 그녀에게 따뜻한 마음으로 감사 인사를 하고 헤어샵을 나왔다. 머리는 자랄 것이니 시원한 머리에 감사한 마음을 가졌다.

네이버 아이디와 카드를 도난당하다

카드번호가 도난당했다고 카드사에서 연락이 왔고, 며칠 후 온라인 이용할 때 사용하는 아이디가 도용당했다는 것을 알았다. 오랜 기간 카드와 아이디를 사용해도 단 한 번도 이런 적이 없었는데 한꺼번에 이런 일이 일어난다는 것이 있을 수 있는 일인가? 생각하지만 나한테 일어난 일이다.

카드사로부터 카드가 도난당했다는 문자를 받고 처음에는 보이스피싱, 그런 종류인 줄 알고 무심히 넘겼다. 다른 일을 하다 우연히 그 문자를 다시 봤고 전화번호가 저장해두었던 국민카드사가 분명하다. 바로 전화를 하면서도 이 번호 자체도 도용당했을까 마음을 졸이면서 카드사가 맞는지 몇 번이나 같은 질문을 하면서 통화를 했다. 카드번호가 도난당했고 아직 사용한 흔적은 없다고 했다. 혹시 모르니 카드를 교체하라고 해서 바로 교체 신청을 했다. 통화를 마치고 국민카드 도난이라고 검색을 해보니 꽤 많은 카드번호가 도난을 당했고 실제 피해도 확인되었다. 나에게 일어날 것 같지 않은 일이 일어나고 있는 이 상황은 도대체 무엇 때문일까? 온라인 거래에 대해 다시 한 번 생각하는 중에 네이버아이디 도용사건이 일어났다. 온라인상의 편리한 생활이 연타로 나를 충격으로 몰아넣는다.

이 사건도 나에게 충격이다. 쇼핑을 좋아하던 나는 집에서도 편안하게 쇼핑을 즐길 수 있는 온라인 쇼핑에 일찍 입문한 사람이다. 1990년대부터 온라인 쇼핑을 시작해 지금도 대부분의 물건을 온라인으로 구매한다. 내가 필요한 시간에 필요한 물건을 비교 · 분석해서 저렴하게 사면 대부분 만족한다. 이런 이유로 오랜 기간 온라인 쇼핑을 즐겼고 아이디에 한 번도 문제가 없었다. 그런데 우연히 핸드폰을 보다 하루에 12개의 카페에 가입되어 있는 사실을 알았다. 내 얼굴이 나온 사진과 다른 사람의 아이디가 나란히 관심도 없는 카페에 가입되어 있었다. 어떻게 이런 일이 일어 날 수 있는지 아이디 도용으로 어떤 일까지 할 수 있는지 불안해지기 시작했다. 네이버 고객센터에 이 사실을 남겼고 돌아온 답변은 본인이 관리를 잘해야 하고 사이버수사대에 신고하라는 내용이었다. 결국 자신의 잘못이라는 얘기다. 화가 났지만 마음을 차분하게 가라앉히고 어디서부터 잘못된 건지 짚어보기 시작했지만 알 수가 없다.

밤 11시에 그 상황을 알았고 카페에서 탈퇴하려니 24시간 후 가능하단다. 그 사이에 카페 아이디와 비밀번호를 바꾸었고 IP 추적 결과 그날 밤 9시30분경에 가입했다는 것을 알아냈다. 카페가입 후 탈퇴는 24시간이 지나야 가능해서 24시간이 지나는 순간 가입했던 모든 카페에서 탈퇴했다. 그 아이디로 어떤 일을 할지 너무 불안했던 하루였다.

카드와 아이디 도용사건을 겪으면서 온라인 거래에 신뢰를 잃었지만 하지 않을 수 없는 현실이다. 수시로 아이디와 비밀번호를 바꾸는 작업을 해야겠다는 생각을 하며 지금은 모든 것이 정리가 된 상태다. 다행히 두 건 모두 빨리 발견을 해서 경제적 손실이나 더 이상의 피해는 발생하지 않았다.

두 사건은 나에게 좀 더 신중하고 조심하라는 신호로 알고 별일 없이 끝난 지금 그저 감사할 뿐이다.

손가락에 반지가 끼어 119의 도움을 받다

나는 겁이 많아서 평소에 조심성이 많고 몸을 사릴 때는 엄청나게 사린다. 애초에 사고 칠 일을 잘 만들지 않는다. 그러나 10년에 한 번씩은 조용히 대형 사고를 치는데 남에게 피해를 주는 게 아니라 내 내면의 변화로 결정되는 대형사고이다. 119까지 집에 왔으니 오늘이 그 날인가?

컴퓨터를 하다가 생각 없이 약지에 있던 반지를 빼서 검지에 끼웠다. 잘 들어가지지 않으면 멈춰야 하는데 억지로 끼워 넣었다. 그 후 검지가 보랏빛으로 변하고 퉁퉁 부었다. 그동안 그 반지는 약지에 꼈다 검지에 꼈다 한 반지였고 이런 적이 한 번도 없었다. 손가락이 변한 모습을 보고 반지를 빼려고 별짓을 다했다. 린스를 손가락에 발라 빼보기도 하고 인터넷에 나온 여러 방법을 동원해도 반지는 빠지지 않고 상태가 더 안 좋아졌다. 블로그에 포스팅 된 글들을 보니 손가락이 괴사가 되니 빨리 119에 연락해서 반지를 절단하라고 나와 있었다. 무서웠다.

내일까지 참으면 손가락이 가라앉을 것 같아서 기다리려 했다. 그런데 점점 더 색깔이 짙어지는 느낌이 들어 119에 전화를 했다. 상황을 이야기하고 낼 아침까지 기다려도 괜찮은지 여쭈어봤더니 괴사가 진행되면 큰일 난다고 당장 절단해야 한다며 주소를 불러달라고 했다. 내가 몸을 움직이지 못하는 상태가 아니니 직접 소방서까지 가겠다고 했더니 감사하게도 직접 오시겠단다. 119를 기다리는 동안 별 생각이 다 들었다. 검지가 시꺼멓게 변한 상태이거나 손가락이 절단되어 있는 모습을 상상하니 겁이 났다.

119에 전화하고 10분도 채 되지 않아 담당자가 총알같이 달려오셨다. 절단 공구를 보는 순간 무서웠다. 손가락과 반지사이에 얇고 납작한 도구를 갖다 대더니 반대쪽을 절단하기 시작했다. 처음에는 절단이 잘 안 되어 손가락이 무척 아팠다. 소리를 지를 수도 없다. 이 상황이 고통을 호소하기엔 너무 창피한 상황임을 안다. 다른 도구로 다시 절단하자 순식간에 반지가 갈라졌다. 통증도 사라지고 보랏빛의 손가락은 시간이 갈수록 원래의 피부색으로 돌아왔다. 119안전대원에게 몇 번이나 감사의 인사와 죄송함을 전했다. 나의 인사와 함께 그분들은 바람처럼 사라지셨다. 나의 실수로 바쁘고 급한 일을 하셔야 할 분들의 시간을 빼앗은 느낌이 들어 많이 미안했다.

코로나19로 집에 있는 시간이 길어지면서 4끼를 먹은 적도 있다. 많이 먹고 움직임이 줄어드니 몸무게가 4kg이 늘었다. 그렇다고 손가락까지 굵어질 줄은 생각도 못했다. 절단 난 그 반지는 예전에 성당교사 생활 6년하고 교구장님께 받은 선물이었는데 영원히 굿바이다. 오랜 기간 내 몸과 함께했던 소중한 반지였지만 이제 쓸모없는 물건이 되었고 미련은 없다. 아무것도 껴있지 않은 손가락을 보며 허전함이 없진 않지만 이제 내 손가락은 어디에도 얽매이지 않고 완전히 자유를 찾았다. 작은 해프닝 같은 일이 일어났고, 전화 한 통에 집까지 119가 왔다. 그분들의 신속한 대응이 없었다면 나는 보랏빛 손가락을 보고 큰 불안감에 어찌할 줄 몰랐을 것이다.

블로그에 위기상황에 대처하는 방법에 대한 글을 올려주신 분들과 오늘 집으로 와 주신 119 안전대원님들에게 진심으로 감사드린다.

사탕 하나가 주는 오만 가지 생각

강의하느라 강의 듣느라 힘든 하루를 보내고 저녁 무렵 버스를 탔다. 온종일 힘들었을 내 몸을 위해 비어있는 자리에 잽싸게 앉았다. 앉으면서 옆자리 할머니께서 묵주기도 하는 모습을 보았고 기도에 방해되지 않게 조심했다. 그 순간 할머니께서 왼손으로 묵주를 돌리시면서 오른손으로 가방에서 사탕을 꺼내 주셨다. 얼떨결에 받긴 했으나 순간, 오만 가지 생각이 들었다.

"뭐지? 사탕을 주시는 할머니를 조심하라."
"약이 발린 사탕이다."

영화에서 본 장면이고, 실제로 이런 일이 있다는 걸 들은 것 같아서 간단하게 눈으로 감사 표현을 했지만 마음은 의심으로 가득 찼다.

'왜 묵주기도를 하시다 아무 말씀 없이 사탕을 주시는 거지? 묵주기도는 설정인가?'

나도 가톨릭신자라 묵주기도를 하는데 혼자 조용히 기도 하다가 생판 모르는 사람에게 먹을 것을 줄 만큼 여유롭게 기도하지는 못한다. 위급상황이 아니라 그렇게 하면 안 되기도 하다. 그 사탕을 도로 드리기도 뭣하고 먹을 수도 없어서 들고 있다가 내렸다. 내리면서 나도 모르게 그 할머니를 힐끗 쳐다보았다. 그 할머니도 내려서 움직이는 나를 응시했다. 눈빛이 무서웠다. 내가 나쁜 감정으로 할머니를 바라봐서일까? 인상이 무척 험악해 보였다. 만약 할머니가 좋은 의도로 사탕 하나를 건넨 것이라면 그 할머니는 상처받았을 것이다.

집에 도착하자마자 사탕을 휴지통에 버렸다. 그리고 아이들에게 혹시 버스를 타거나 택시를 탔을 때 누가 먹을 것을 주면 절대 받아먹지 말라고 당부했다. 그 할머니께서 좋은 마음으로 사탕을 주셨을 수도 있다. 그러나 무섭게 변하는 세상에 겁이 많은 나는 의심을 하지 않을 수가 없다. 다음에 이런 일이 생긴다면 나는 지금같이 똑같은 행동을 할 것이다. 의심 없는 평화로운 세상을 꿈꾸면서 말이다.

내가 이렇게 의심을 하는 동안에도 좋은 세상 아름다운 세상을 위해 노력하는 분들이 많이 계신다. 그분들을 위해 진심으로 감사를 전한다.

바이러스로 화나고
아프고 미칠 만큼 답답하지만
함께 잘 극복하기를 바라며
부족하지만 코로나시대
힘든 상황 속에서 찾은 소소한
감사의 글이
작은 위안이 되길 바란다.

사랑하는 윤에게 주는
100가지 감사선물

01 네가 내 딸이라서 감사해.

02 네가 태어나기 30분 전, 의사 선생님께서 위험하니 제왕절개를
    하라고 했지만 나는 자연분만하고 싶었다. 그래서 조금만 시간을
    달라고 말하고 나는 괜찮으니 너만 살려 달라고 했는데 잠시 후
    기적같이 네가 태어났단다. 무사히 태어나줘서 감사해.

03 네가 태어난 날, 생명의 신비와 환희는 말로 표현할 수 없었단다.
    처음 느낀 그 감정이 너를 통해 시작된 것에 감사해.

04 네가 고개를 들 때, 뒤집기를 할 때, 일어날 때, 걸음마를 시작할
    때 매 순간 환호했지. 큰 기쁨을 주어서 감사해.

05 나를 바라보며 방긋방긋 웃던 네 모습이 지금도 눈에 선해. 너를
    통해 엄마로 성숙해 갈 수 있어서 감사해.

06 처음에 일을 시작할 때 너를 이웃집 아주머니께 맡겼다. 어느 날
    퇴근 하고 너에게 갔는데 그 집 아들이 너를 때리고 있었고 넌 울

고 있다가 엄마를 보자 울면서 꼭 안겼다가 금세 표정이 밝아지더라. 그날 엄마는 참 많이 울었고 네게 미안했고 그런 중에도 잘 자라 주어서 감사해.

07 일이 하고 싶어서 우는 너를 강제로 어린이집에 보냈다. 처음에는 가지 않겠다고 떼를 쓰다가 포기한 건지 적응한 건지 아침마다 운행차량을 잘 타고 가더라. 엄마 마음 이해해 준 것 같아서 감사해.

08 세 살 때 책을 읽어서 동네 분들이 TV에 내보내라고 했다. 언어를 습득하는 게 아주 빨랐고 그 모습에 엄마는 기뻤다. 기쁨을 줘서 감사해.

09 너는 어렸을 때 자주 고열에 시달렸고, 어느 날 쓰러졌다. 병원 응급실에서 깨어나 주어서 감사해.

10 지금 생각하니 일하기보다 어린 너랑 더 많은 시간을 보내지 않은 걸 후회하지만 몸도 마음도 건강하게 잘 자라 줘서 감사해

11 내 손을 잡고 가고 있던 너를 트럭 바퀴가 발을 지나갔고 한쪽 발뼈가 뭉개졌다. 병원에 한 달 넘게 입원했고 자라는 내내 걱정했는데 건강하게 잘 걸어 다닐 수 있어서 정말 기뻤고 감사해.

12 어렸을 때 안짱다리라 치료하러 병원에도 데려갔었다. 자라면서 괜찮아진다는 의사 선생님의 말씀을 듣고 오랜 기간 걱정하면서 기다렸는데 신기하게 지금은 괜찮아져서 얼마나 다행인지 모른

다. 감사해.

13 퇴근 시간에 어린이집 차량 시간을 맞추지 못해 늦게 도착했다가 너를 잃어버렸다. 그 때 하늘이 무너지는 줄 알았는데 다행히 경찰서에서 찾을 수 있었다. 정말 감사해.

14 네가 5살 때 엄마, 아빠 모두 출장이 잡혀 있어 새벽에 나가야 했는데 서로 너를 어린이 집에 데려다주라고 다투고 있을 때, 네가 말했지. "나 혼자 갈 테니까 택시 태워줘." 많이 미안했고 감사해.

15 7살 때 동생을 낳아 달라고 조르면서 윗집 동생들을 친동생처럼 잘 데리고 놀았다. 이웃과 사이좋게 지냈던 것에 감사해.

16 퇴근 시간이 늦어서 유치원을 마치고도 피아노학원에서 엄마를 기다려줘서 감사해.

17 동생 낳아달라는 네 말에 우리는 동생을 낳기로 했단다. 너의 그 말이 아니었다면 소중한 동생들을 만날 수 없었을 거야. 다 네 덕분이다. 감사해.

18 2년 반 동안 해나라 유치원을 다니면서 넌 선생님과 유치원을 정말 좋아하고 재미있게 다녔단다. 적극적이고 리더십을 발휘하면서 유치원 생활을 잘해주어서 감사해.

19 처음으로 가족과 떨어져 캠프 갔을 때, 잘 놀다 엄마 보고 싶어 잠깐 눈물을 보였다는소리를 듣고 서로에게 소중한 사람인 것을 다

시 깨달았단다. 감사해.

20 유치원 체육대회 때 함께 뛰고 놀며 행복할 수 있어서 감사해.

21 유치원 재롱잔치 할 때와 유치원 졸업식 날 엄마 눈에는 네가 얼마나 빛났는지 모른단 다. 빛나는 네 모습을 추억하게 해 줘서 감사해.

22 아동극을 많이 보러 다녔다. 너를 통해 새로운 분야를 함께 할 수 있어서 감사해.

23 어렸을 때 성당활동도 열심히 해줘서 감사해.

24 어린이날 놀이 공원에서 혼자서도 잘 놀아 줘서 감사해.

25 초등학교 1학년 때 처음으로 학교 신문에 네 시가 실렸을 때, 무척 기뻤단다. 늘 기쁨 을 주어서 감사해.

26 학교체육대회 때 1학년 전체 매스게임하는 시간에 대표로 무대에 올라가서 시범을 보였지. 많은 사람 앞에서 두려움도 없이 매스게임하는 모습을 보고 네가 부럽고 자랑스러웠다. 기쁨을 줘서 감사해.

27 동네 중국집 여사장님께서 유독 너를 예뻐하셔서 옷도 사주시고 자장면도 주셨지. 많은 분께 사랑받는 딸이어서 감사해.

28 초등학교 1학년 때 남학생에게 진짜 보석반지를 선물 받아 왔었다. 엄마의 반지를 몰래 가져온 거라 돌려줬지만 네 인기에 우린

많이 웃을 수 있어서 행복했고 감사해.

29 어릴 때부터 너는 어떤 일을 하든지 최선을 다했단다. 모든 일에 열성을 보여줘서 감사해.

30 열 살 때 엄마처럼 동생을 안고 있는 네 사진을 보니 동생을 바라보는 네 눈빛이 얼마나 사랑스러운지 동생을 사랑하는 그 마음 감사해.

31 포천에 놀러 갔을 때, 수영장과 승마장을 누비며 신나게 놀던 내 모습이 기억나 웃을 수있어 감사해.

32 동생이 태어난 날 동생이 좋아서 행복해 하던 네 모습이 선하다. 기뻐해 줘서 감사해.

33 9살에 동생이 태어나고 너도 아직 어린데 동생에게 신경 쓰느라 너에게 소홀했지만 건강하게 잘 자라줘서 감사해.

34 초등학교 때 너와 함께 글쓰기 팀의 아이어머니께서 네 창의력을 부러워하셔서 기분이 좋았단다. 늘 그런 칭찬을 듣게 해줘서 감사해.

35 늘 명랑하고 적극적인 성격이라 엄마가 걱정할 일이 없게 해 줘서 감사해.

36 엄마가 바쁜 시간에 동생을 잘 봐주어서 정말 감사해.

37 초등학교 때부터 리더십을 발휘한다고 담임선생님으로부터 칭찬

을 많이 들었단다. 너를 잘 키운 엄마로 대접받을 수 있게 해줘서 감사해.

38 하루에 미술대회 상과 글쓰기 상을 합쳐 8개를 받아 온 적이 있단다. 학교에서 받은 상과 전국대회에 나가 받은 상, 모두 부러워했고 비결을 가르쳐 달라고 물어보는 엄마들도 있었다. 엄마의 어깨를 들썩이게 만들어 줘서 감사해.

39 초등학교 담임선생님께서 너를 어린 작가로 만들고 싶다고 글 쓰시는 작가분과 연결해 주시겠다고 했지만 네가 싫다고 말했지. 그렇지만 그런 얘기를 들을 수 있어서 감사해.

40 네가 초등학교 3학년 때부터 엄마는 집에서 독서토론과 공부를 가르쳤는데 네가 잘해서 학원까지 오픈하게 되었다. 다 너를 보고 온 친구들이 많았을 거야. 감사해.

41 아파트에 살다가 아빠의 사업이 잘 안 되어서 주택으로 이사를 했지. 너는 아파트보다 주택이 더 좋다고 말하고 다녔단다. 긍정적인 네가 참 감사해.

42 초등학교 때 한 친구의 오해가 너를 힘들게 할 때 처음에는 엄마가 잘 몰라서 네 마음을 이해 못 했었다. 그때 일은 지금 생각해도 너무 미안하단다. 그 상황을 잘 극복하고 건강한 사람으로 자라줘서 진심으로 감사해.

43 경제적으로 힘들 때 너는 사춘기였고 엄마는 사추기였다. 너에게 말로써 상처주고 아프게 한 점 엄마는 많이 후회하고 지금도 미안하단다. 엄마가 혼을 낼 때도 잠시 후면 긍정적인 모습을 보이던 네가 정말 감사해.

44 힘든 사춘기 시절을 잘 견뎌줘서 감사해.

45 첫 교복 입은 네 모습을 잊을 수 없단다. 첫 설렘을 줘서 감사해.

46 중학교 때, 시험 기간이면 밤을 새워서 공부하던 네 모습을 엄마 아빠는 돌아가면서 지켜봤지. 자리에서 한 번도 일어나지 않고 몰입하는 내 모습에 감탄하기도 했다. 무엇이든 자신이 원하는 일에는 집중력을 보여줘서 감사해.

47 중학교 때 영어학원 한 번 다닌 적이 없이 혼자 공부 했는데 영어 시험을 100점 받아 와서 우리를 기쁘게 해주었지. 감사해.

48 동생들 밥을 차려줬다고 자랑스럽게 말하는 네가 자랑스럽고 감사해.

49 중학교 때 고궁에 놀러 갔다가 일본관광객에게 친절히 한국을 소개하고 연락을 주고 받았지. 관계의 아름다움을 아는 사람이라 감사해.

50 중학교 졸업앨범 제일 마지막 부분에 네 글이 적혀있지. 네 이름까지 선명하게 적혀 있는 것을 보고 엄마는 기뻤단다. 기쁨을 줘

서 감사해.

51 중학교 때 친구들이 좋지 않은 행동을 함께 하자고 할 때 너는 하느님 믿으면 그렇게 하면 안 된다고 친구들에게 말했다고 해서 엄마를 기쁘게 해주었지. 감사해.

52 밥 먹을 때 늘 큰 소리로 감사하다고 말하고 먹어줘서 감사해.

53 고등학교 1학년 담임선생님께서 너를 칭찬하시면서 반장엄마가 궁금하니 학부모 총회 하는 날 얼굴 뵙고 싶으니 학교 오라는 연락을 받았다. 선생님으로부터 칭찬을 듣게 해 주어서 감사해.

54 이 글을 쓰다 보니 네가 정말 자랑스러워서 감사해.

55 고등학교 때 학교 대표로 호국단 모임에 참석했다가 표창장을 받아왔었다. 자랑스런 큰 딸로 자라줘서 감사해.

56 네가 한창 사춘기 때 집이 어수선했었다. 2명의 동생이 늘 집을 시끄럽게 했고 온전히 혼자 사랑을 독차지하다가 관심 밖의 사람이 되어 버렸을 때 너에게 신경을 많이 못써 줘 미안했단다. 그런데도 잘 성장해줘서 감사해.

57 학원운영 하느라 늘 늦게 들어간 엄마를 대신해 동생들을 챙겨줘서 감사해.

58 동생들에게 공부를 가르쳐줘서 감사해.

59 엄마가 너에게 혼을 내고 매를 들었던 기억하고 싶지 않은 장면이

있다. 미안하고 그럼에도 불구하고 잘 자라줘서 감사해.

60 고등학교 졸업식 날 학생대표로 문학상을 수상할 때 네가 자랑스러워서 감사해.

61 고등학교 졸업식 날 너희 학교 신문에 네 사진과 시가 실렸었다. 자랑스럽고 감사해.

62 너희 학교 책에 네가 쓴 논설문이 적혔었다. 글을 잘 쓰는 네가 자랑스럽고 감사해.

63 네가 글을 잘 쓰는 이유가 엄마가 글쓰기 선생님이어서 잘 가르쳐준 덕분이라 말해줘 서 감사해.

64 가끔 네 방을 치우려고 노력해줘서 감사해.

65 밥을 먹을 때 맛있게 먹어주고 감탄사로 감사의 인사를 해줘서 감사해.

66 어릴 때 밥을 잘 먹지 않더니 어느 순간 밥을 잘먹어줘서 감사해.

67 큰 딸로서 동생들의 본보기가 되어주어서 감사해.

68 너는 미술을 전공하고 싶어 했지만 아빠의 사업실패로 힘든 시절이라 이태리어를 전공했다. 하고 싶은 것을 할 수 없었지만 어떤 일이든지 온 마음을 다해줘서 감사해.

69 한국 올 때 선물을 사와서 감사해.

70 엄마 건강하라고 영양제를 보내줘서 감사해.

71 외국에서 동생들 생일마다 선물을 보내주는 따뜻함을 보여서 감사해.

72 매년 엄마생일 선물을 보내줘서 감사해

73 네가 원하는 삶을 주체적으로 살아가서 감사해.

74 엄마 마음에 쏙 드는 사윗감을 데려와 줘서 감사해.

75 댄가족과 함께 지내는 사진에서 행복함이 보여서 감사해.

76 외국에서도 늘 가족 안부를 물어줘서 감사해.

77 한국 방문 때 엄마가 차린 음식에 감사하는 마음을 표현해줘서 감사해.

78 아는 사람 없는 외국에 가서 자리 잡고 잘 지내줘서 감사해.

79 네가 원하는 직장에 들어간 것이 내 일처럼 기뻐. 감사해.

80 댄에게 한글을 가르쳐 줘서 감사해.

81 댄에게 한국의 아름다움을 소개하며 함께 즐겼던 시간에 감사해.

82 댄을 데리고 함께 외할머니댁에 갔을 때 외가댁 모든 식구가 기뻐해서 엄마는 참 행복했다. 행복을 줘서 감사해.

83 사람들에게 인사 잘하고 예의 바른 행동을 해줘서 감사해.

84 가족들과 진해 벚꽃 축제 갔을 때 참 행복했다. 감사해.

85 댄에게 우리말을 영어로 번역해줘서 댄과 원활하게 소통할 수 있었다. 감사해.

86 한국 올 때 차를 즐겨 마시는 엄마를 위해 좋은 차를 선물해 줘서
   감사해.

87 네가 댄과 약혼했을 때 엄마는 무척 기뻤단다. 감사해.

88 행복한 삶을 사는 네 모습을 보니 네가 처음으로 유학 가겠다고
   말한 대범함을 보여 주어서 감사해.

89 외국에 나가겠다고 마음으로 결정하고 엄마의 허락이 없으면 가
   지 않겠다고 엄마를 존중하는 마음을 보여줘서 감사해.

90 유학 가던 날 공항에서 씩씩하게 떠나던 네 모습에 감사해.

91 어떤 일을 결심하면 아주 몰입을 잘해줘서 감사해.

92 유학을 가겠다고 혼자 영어 공부를 열심히 해 줘서 감사해.

93 적은 용돈으로 대학 들어가자마자 아르바이트로 부족한 용돈을
   충당해줘서 감사해.

94 항상 일찍 귀가해서 엄마를 걱정하지 않게 해줘서 정말 감사해.

95 어버이날 에스티로더 리페어세럼, 멋진 선물을 보내줘서 감사해.

96 명동에서 칼국수 먹고 찻집도 가고 쇼핑도 하고 너와 함께 했던
   모든 시간에 감사해.

97 타인의 시선보다 자신의 감정에 집중해 줘서 참 좋고 감사해.

98 네가 온전히 너의 모습으로 행복한 삶을 살고 있어서 감사해.

99 엄마가 네 결혼선물로 줄 수 있는 게 별로 없단다. 책을 쓰다 보니

이 책을 네 결혼 선물로 주고 싶었고, 네 결혼 전에 완성하고 싶어서 빠른 시간에 완성할 수 있었다. 이것 또한 네 덕분이란다. 감사해.

100 너에게 100가지 감사한 마음을 적을 수 있어서 진심으로 감사해.

이 책을 읽고
많은 사람들이 행복한
오늘을 감사는 날이
되었으면 좋겠다.